凍《とう》土《ど》二《に》人《にん》行《こう》黒《くろ》スープ付《つ》き

雪舟えま
Yukifune Emma

筑摩書房

凍土二人行黒スープ付き

目次

装画・本文挿絵――カシワイ
装幀――クラフト・エヴィング商會
（吉田篤弘・吉田浩美）

とても寒い星で

家は泣いていて、私の手のひらにぐいぐいと積年の想いを押しつけてきた。

北側の納戸の床はずいぶんまえから黄色ズムシにやられていて、見えない部分はぼろぼろ、痛くてたまらないという。

「まずはそれか。伝えよう。あとは？」

日が落ちて、見えにくくなってきた地面に私は片膝をつき、手だけでなく体ごと壁にもたれた。視野の端から、地表に霧が漂ってきつつあるのが見えた。ミルクのようなもやはゆっくりとこの家の方角に向かって流れ、ひざまずく私の腰までを冷たくひたす。

この家の人びとはおもてからは円満に見えるが、夫婦のけんかがひどいと家は打ち明けた。私はうなずく。幼い兄妹が小さな照明箱をもち、はじめて目にする

「家読み」の仕事をすこし離れたところから見つめていた。

「女房がきつい？　そりゃなんとなくわかる」

子どもたちの手前、口に出さずに胸の中で肯った。あるじの手によって作られた家とあって、家はどちらかというとあるじの肩をもっているようだ。家は家族全員を平等に愛しているというわけでもなく、軽いえこひいきはふつうにある。

「伝えておく。伝えておく」

矢継ぎばやに要求を告げてくる家に私は請けあう。家は家読みに会うのははじめてで興奮していた。長年中に住んでいる家族でさえぜんぜんわかってくれないのに、ぶらりとやってきたよそ者が話を聞いてくれるなんてと。

離れに住むあるじの老母が夜中に咳をするようになった。毎年のつけものの瓶はあと一週間はやく蓋をあけたらいい。二年まえ、留守中に入った泥棒は粉屋の次男である、などなど。

家は家族が気づいていないことを私に伝えてきた。そしてさいごに、「いろいろいったがよい家族だと自分は思っている、これからも仲よく暮らしてほしい。――それと、昨夜から納屋に流れ者が居ついているが、どうにかしてほしい」

「おじさん、はい」

兄のほうが、私に湯気の立つ飲みものの入った器を差しだしていた。指先ばかりが犬の鼻のように黒く煤けていた。

「ありがとう」

受け取ると、長いスカートに娘をまとわりつかせながら、あるじの妻がこちらを見ているのに気づいた。私は会釈する。

「どう?」

髪を片耳のしたで輪にした、気の強そうな女はいった。「なにかわかった?」

「ええ。まずいちばんだいじなのは、離れのおばあさんが体調を崩しているかも、と」

「変わりないように見えるけど」

「心配かけまいとしているとか」

私は立ちあがり、子どもにもらった黒いスープをすすりながら家からの伝言を伝える。スープは器の底が見えないくらいにしっかりと黒く、うっとりするほど苦くて甘みもあった。私の話を女は腕を組みながら聞く。ときにおどろきの事実に目を見ひらいて。

「あの粉屋の……まさか……」

「家は、いまとなってはことを荒立てないほうがいいと」

「もっとはやくにわかってたら」

私は肩をすくめる。黒スープを飲み干す。

「あと、黄色ズムシね。明日すぐに駆除を頼まなきゃ。床の張り替えも」

女はいいながら、肩にかけているふくろから財布を取りだして私に貨棒をくれる。

納屋の流れ者のことをいおうかいうまいか迷っていると、

「おじさん、飲み終わったら」男の子が私に向かって、器を返してと両手を伸ばしてきた。

「お兄さん、でしょ」母親がたしなめる。

子どもたちは彼女のスカートにつかまりながら、地面に低くたなびいている霧を長靴で蹴ってかきまぜて遊ぶ。

「そろそろ満潮ね」母親はつぶやく。「まだしばらく海辺にいる?」

「来たばかりです」

「あなたのこと、友だちに勧めておくわ」

「ありがとう」

「納屋の入口に紅苹《クーベ》の新果があるから、よかったらいくつかもっていって」

女は子どもたちの肩に手をおいて家に入っていった。窓の内側に明かりが灯り、夕闇にやわらかく漏れる。私は家のうらにある納屋に向かい引き戸をあける。手前の床を照らすと、果肉を齧りとられて茶色く変色した紅苹の芯が二つ三つ転がっていた。その奥に、積みあげたわらの中から飛び出している足が見えた。

私は照明箱を高く掲げて「おい」と小さく呼びかける。靴のうえからこつんとたたく。

「ひゃ」と声がしてわらの山が割れ、中から黒っぽい服装の男が出てきた。おびえた目が照明の光をひくひくと反射している。頰や口もとに子どもっぽさの残る若者だった。

「静かに」私はいう。「私はこの家の人間じゃない。まだ君がいることは知られてないよ。なぜここに?」

「か、鍵があいてたから——どこでもよかった」

喉が乾燥しているような、ひりついた声でいう。

「もうじきあるじが帰ってくる。はやく出たほうがいい」

彼はあわててわらの中から出てくる。しかし出たからといってどうしたらいいかもわからないように立ちつくしている。

私はくずれたわら山をもとのように整え、「食べたのは三つ？」と訊いた。

「え？」

「私が食い散らかしたと思われる」と、芯を拾って遠くに放る私を、彼はふしぎそうに見る。

「出なさい」

というと彼はすなおに納屋を出た。私は戸をしめ、畑をまたぎ、柵を越える。彼もついてくる。この家の敷地を出たのを確認すると、私はいった。

「じゃあここで」

捨て犬のようにどこまでもついてきそうな風情だったので、私はきつめにそういった。彼は曇った目をしてなにもいわない。しばらく歩いてふりむくと、彼はまだ暗がりの中、柵の前にぽつんと立っていた。

私は引き返して「どうしたんだ」とたずねる。

「行くところがない」

「どこから来た」

「……の街から」彼の口から出たのは、となりの星の大都市の名前だった。「雇い主と旅のとちゅうで別れてしまって」

「雇い主?」

「ある人のところに派遣されて、介護人として旅行につき添っていた」

私はうなずく。

「その人、金持ちといってたけど、嘘だった。それがばれてその人は送還、僕はこの村で降りた」

「どうして君だけ降りた」

「送り返されても、またおなじ人生がつづくなら」

とうつろな目でいい、「ここはとても寒い」と、彼は自分を抱きしめるようにして両腕をこすった。

私は海辺に張った、軽い金属の支柱と布でできた小さな家に帰った。彼もついてきた。

「なんだろうこの匂い」入口の手前で彼はつぶやく。

「海の匂いさ」

「海？　海ってどこに」

「すぐそこ」と、私は家に背をむけて前方を指さす。彼は私の横に立っておなじ方向を眺め、「なにもない」という。

彼はこの星でいう「海」が、窪地に重いガスがたまっているものだと知らないようだった。

「ガス？　ガスのたまり場を海と呼ぶの？　ただの暗闇だ」

私は照明箱で彼の足もとを照らしてやる。脛まで濃霧に包まれていることに気づくと、彼は声を裏返して叫んだ。

「いつのまにこんなもやが？」

「ちょうどいまごろ満潮らしい。海があふれてきてるんだ」

「そのうち引く?」

「朝になれば窪地に収まっているよ。気体がおだやかに渦を巻いているのが見えるだろう」

ふうん、と彼は鼻をならした。ふり返って私の家を見あげ、布の壁にふれ、「組み立て式?」と問う。

「そう」

「ここの人じゃないの?」

「町から町へ、仕事を請け負いながら暮らしているよ」

私は入口の布を巻きあげて中に入る。照明箱を梁に吊るす。

小さな調理台に火を起こし、水を入れた鍋をかけた。から炒りした豆を挽いた黒スープ粉末のびんをあけ、ふたつの器に粉をふり入れる。豆の性質、抽出のしかたや飲みかたはさまざまながら、この黒スープ、それに類似した飲みものは近隣の星ぼしのどこへ行っても見かける。

自分のためにささやかな火を起こし、水を沸かしてスープをこしらえる作業は、どんな環境にあっても地に足をつけてすごすための儀式のようなものだ。私の旅の装備には黒スープの粉は欠かすことができない。

「入ったらどう」私は入口に背をむけてスープの支度をしながらいった。すこしして、ごわごわと厚い布をもちあげる音がして彼が入ってきた。

「けっこう広い。すごい。外から想像できないくらい、なんていうか、まともに家っぽい」

いっしょうけんめいにほめようとする彼がおかしくて、私は笑った。「そりゃどうも」

「四、五人は住めそう」

「そのくらいで住んだこともあるよ。まあそのへんに座って。毛布のうえにでも」

彼は毛布をたぐりよせて尻のしたに敷いた。私は彼に黒スープの器を渡す。

「さっき……」彼は体を伸ばして器を受けとりながら、「どうして僕があの納屋にいると?」とふしぎそうにいう。

「きょうはあの家で仕事をしてたんだよ。私は家読みと呼ばれている」

「イエヨミ」

「家の気持ちを聞く。家と話をする。住人に伝えてほしいということを聞いて伝える」

「家と話すって、そんなことできるの」

「できるんだねえ」私は笑った。調理台の火を強くして、湯の残った鍋に白菜《ハクペイ》を乗せたざるをかける。蓋をして蒸す。

「それで、家が、納屋に昨日から流れ者が居ついてるからどうにかしてほしいといってきて」

「わかるんだね」

「家にしてみれば、自分の体の一部に住みつかれたようなものだから」

「寄生虫だ、僕」彼は乾いた笑い声を立て、「家の人たちにいわないでくれて、ありがとう」と小声でいった。

「いいそびれただけ。運がいいよ君は」

あの家の子どもが話に割りこんでこなかったら、私は主婦に告げていただろう。

彼は白菜を蒸す私を見つめ、「いつから家と話ができるように」と問う。

「子どものころから。話し相手が家だけだった。幼いころ、両親とも遠い街に出稼ぎに行って、たまに帰ってきて食料や衣類なんかを置いてまた旅立っていくということの繰り返しだった。ひとりで残される私は、しぜんと家に話しかけるようになっていた」

「年端もいかない子をおいて出稼ぎ?」

「身のまわりのことができるようになってからは。それ以前はだれか、親戚と暮らしていた気もする。小さいころの記憶はほとんどないんだ」

私は蒸しあがった白苹を皿に盛り、酪醬《らくしょう》をかけて彼に渡す。

「さいしょはさびしさからくる妄想だったのかもしれないね。でも家が私の問いかけに答えてくれているのを感じていたし。寝坊しそうになると柱を鳴らして起こしてくれたり、窓に鳥を呼んで鳴き声で教えてくれたり。煮炊きをすると、火の加減をしなくてもちょうどいい塩梅にやってくれる。消し忘れても勝手に消えてくれる」

「童話みたい」

「家というか、家の精霊と話しているというか。精霊はたいていの家にいる。いない家は古びたり壊れるのがはやい」

「話ができるのは家とだけ？　たとえばこの皿とか、その鍋とか、毛布とかは」

「どんな小さな物にも人格はあって、漠然と伝わってくるものはある。なんとなくこの皿はここに置かれたがっているのかなとか」

「へえ」

「でも私の場合は、家がさいしょの友だちだったのもあって、やっぱり家の声がいちばんよく聞こえる」

「そういえば……」彼は室内を見まわして、「この部屋、外と布一枚で隔てられてるだけなのに。暖房があるわけじゃないのに。この暖かさはなんだろう。やっぱり家の意思？」と訊く。

「はりきってるみたいだよ。久しぶりの客人で」

「組み立て式の家にも精霊が宿る？」

「もちろん。組み立てられても片づけられても気持ちがいいんだって」

「ありがとう」彼は天井を見上げて、家に向かっていった。「とても暖かいよ」

「こんどは君の話を」私は白苹をつかみ、油につけてかじる。表面のでんぷん質が油を吸ってほろほろとくずれ、かじった跡から湯気がたつ。

「さっき、雇い主だった人が送還されたときに僕はすすんでここに降りた、ようにいったけど。半分は、降ろされたというか」

「どうして？」

「捕まったとき、周りを囲んだ人たちに、送り返す価値もないと思われてるのが伝わってきたから。僕はクローンなので」

彼は右手首につけている、バンド型の小さな機器をのぞきこむ。

「航路をはずれて一日経つのに、なにも変化がない。まだ出張中の表示のままだ」

「それは？」

「手枷」彼は緊張した笑みを浮かべて。「かってに奉仕場を離れたとばれたら、手首が吹っ飛ぶ」

「え」

「外そうとして傷つけても吹っ飛ぶ」

「爆発でもするの」

「そう。自分で外そうとして、肩までちぎれた仲間を見たことがある。できるだけあなたとは離れておこう」

彼はおどけたように右手を壁に向かって伸ばし、私から遠ざけてみせる。

「介護人の仕事っていうのは」

「今回はたまたま。ふだんは派遣されればどこでも行ってなんでもやる。この旅行のまえは山奥の工場で機械たちを監督していた。そのまえはできたばかりの大きなカジノで客室の掃除を。——僕の顔、見たことない？」

「え？」

「僕は日本コロニー製のナガノ型なんだけど、いっときたくさん作られていまもいちばん出回ってる」

「ナガノ型。知らない」

「ナガノと呼ばれているよ。よかったらあなたもそう呼んで。あなたはなんて呼べばいい？」

「シガ」

「シガね」

「君のさいごの雇い主は、金があると嘘をついてたって？」

「過去にはほんとうにそうとうの富豪だったんじゃないかって気はした。でも、冥途のみやげに旅行したいからって、つき添いを探しに来たときには――もうそうではなくなってたと思う」

「どういうことで？」

「はっきり訊いたわけじゃないよ、でもたぶん身内に裏切り者がいて、無一文にされてたんじゃないか。本人はそれがわからないというか、忘れてるというか……たまに、ひとりで青ざめた感じでぶつぶついってることがあって、それは事実を思い出しかけているときだと思う。かなり高齢だし、記憶がまだらになってるんだね」

「旅行のとちゅうで、それがわかったの」

「旅費を支払った小切手が不渡りになって」

「それで君も巻きぞえに」

「だからいま、こんなにふしぎな場所にいる」彼は温くなった白苹をかじって笑った。「おいしいや」

私の煮炊きしたものを人が食べるのを見るのは久しぶりだ。ナガノが鍋に手を伸ばして蒸かした白芊をおかわりするのを眺めながら、かつてこの家で石ならべ屋や曲芸師、踊り子、占い師などと五人で旅暮らしをしていたことがあり、その中では私がいちばん炊事がうまく、全員の食事を用意していたことを思い出した。私たちはともになににも護られない生業をもつ者たちだった。

「なにを考えているの」

「君がうまそうに食べてるのを見たらね、仲間のことを思い出した」

「聞きたい」

「どこの町だったかな。さいしょの仲間は石ならべ屋。深夜に家読みを終えた帰り道に、盛り場の裏道で倒れている彼を見つけた。身に着けているのは下着だけ、体じゅうあざだらけで水たまりのうえに転がっていた。死んでるかと思ったが息はあって、私は彼を背負って、病院へ運んでくれないかと近くの飲み屋や宿屋をめぐってみたけれどだれも助けてくれなかった。面倒はごめんだって。仕方ないから私の家に連れていった」

　ナガノはうなずく。

「何日もかかったけど彼は回復していって、自分のことを話してくれた。彼の一族は政治家や役人をおおく出している家で、そんな中でひとりだけ石にしか興味のない子が生まれてしまった。それが彼だといったよ。周りの期待に応えようと無理して政治を勉強したけど、とてもものになりそうにない。ただ石に触っていたい、磨いたりならべたりして生きていたいだけなのに、と家を飛び出してきたところを、ならず者たちに身ぐるみはがされたと」

私はそこまでいって、このお坊ちゃん石ならべ屋にひと目ぼれをして旅に加わった踊り子のことを思い出した。彼女の手首にもナガノとおなじようなバンドがついており、それをふだんは隠すようなアクセサリーをつけたり、バンドが傷つくことをとても怖れていた。

「あれは、クローンだったのか」

「え？」

「アキタという女性型のクローンはいるかい」

「僕とおなじメーカーが作ってた。すこし古いし、高級品だし、そんなに数はおおくないと思うけど」

「君たちは偽名を使うことはある？　クローンだという身分を隠して生きるため

に」

ナガノはぶるぶると首をふった。

「名前を変えるなんてとんでもないことだよ。ものすごく怖い」

というその目は瞳孔がひらいて、凍りついたようになる。脳の深いところで、身分を偽る行動への強い抑制が働いているのだろう。

「アキタはどうなったの」

「しばらくして石ならべ屋とふたりで独立していった。そのごのことは聞かない」

けんかっぱやく、ほかの団員ともめごとばかり起こしてサーカス団をくびになった曲芸師や、他人の未来は見えても自分の明日はわからず、家が火事になって焼け出された占い師も仲間になった。そして石ならべ屋とアキタと私。ほんのつかのまだったが、この組み立て式の家に五人で歌い暮らした日々があったのだ。

「あの子も逃げてきたのか。もとはどんな仕事をしてたんだろう」

「アキタ型は娼婦だと思うよ……僕をさいごに雇ったような金持ちたちのための」

「知らなかった」

「そのアキタは勇気があるね。いつ爆発するかわからない手枷をつけながら、恋人と駆け落ちみたいなことをして。僕だったら不安と幸福と、心が二つに割れておかしくなってしまいそうだ」

世間知らずの石ならべ屋とアキタ。私はアキタがいまも幸せであってほしい、なんとか手枷の恐怖から逃れていてほしいと強く思った。

ナガノは膝のあいだに頭を垂れてうずくまる。

「逃げてきたことを後悔してる?」

「してるのかな……」弱よわしくナガノはいう。「べつに、逃げてやるって決意してたわけじゃないんだ。ただふらふらと、冷たい視線がいたたまれなくて、とりあえずその状況から逃げたというか」

「老人と一緒に街に帰っていれば、君はどうなった?」

「役立たずとかまぬけとか、ボスに罵られはしただろうけど。またハウスに入れてもらえて、仲間たちとそれまでとおなじ毎日をくり返しているはず」

「ハウス?」

ナガノの説明では、一日の奉仕を終えたクローンたちを回復させるための施設を、ハウスというらしかった。消毒され、サプリメントを採り、ひとりひとりが横たわれるほどの棚に寝かされ、数時間ごにまた起こされてその日の奉仕場へ運ばれてゆく。

「ハウスにもどりたい？」

「わからない」

「どうして船を降りたのかって訊いたら、君は「送り返されても、またおなじ人生がつづくなら」と答えたよ」

「僕そんなこといったのか」

「いまはちがう？」

「なにを考えているのか自分でもわからない」ナガノは手首のバンドを押さえて、「いまは怖いよ。急に怖くなった」という。

そして丸めた毛布をぎゅっと抱き、顔をうずめる。

「今夜はその毛布使っていいよ」

私がいうと、彼は飛びあがるようにして目を見ひらき、鋭く問う。「いいの」

「いいよ。今夜だけといわず、私が出発するまではここにいたら。来たばかりだからしばらくいるよ」

「ほんとうに。どうしたらお礼できるだろう」

「お礼がほしくていうんじゃないよ」

「それは、わかるけど、もちろん。でも――」

「でも?」

「シガ、僕がいうのもおかしいけど、あなたは相手を警戒しなさすぎるというか、優しすぎるというか、なんだか心配だよ」

「君を信用したら危険かな」

立ちあがって部屋を移動する私をナガノは目で追う。

「先に休む」私は荷物を解いて毛布を出す。「朝になれば潮の引いた海が見えるよ」

「朝になっても右手がありますように」

広大なクレーターに白いガスがたまり、静かな対流を生みだしている。ところどころ、間欠泉のように蒸気が吹きあげていた。

朝の海を眺めていると背後からナガノが来て、

「海、入って大丈夫かな?」と私を見あげる。

「わるい感じはしないけど、昨日は出てなかった蒸気が出てる。勧めないね」

このあたりの海は毎日のようにガスの成分が変わる。それによって、なびいてくる霧も温かかったり冷ややかだったり。

「なに食べてるの」

「麦輪《むぎわ》。腹すいたかい」

食べかけの麦輪を渡すと、ナガノはひと口かじって「うまいね」と顔を輝かせる。

「昨日の鍋に入ってるよ」

うん、といいつつナガノは私の麦輪をぜんぶ食べてしまった。

「おいおい」私が笑うと、ナガノも笑った。笑うとまだまるで子どもなんじゃないかと思えた。

ざくざくと足音がして、ふりむくと昨日読んだ家の主婦が立っていた。私たちの顔を見くらべていう。

「あら、ひとりなのかと思ってたけど」

「どうも、奥さん」私は頭をさげる。ナガノもおなじようにする。

「昨日はごくろうさま。友だちもあなたに来てほしいって。教会のうらの石の家」

「ありがとう」

「きょう午後に。可能？」

「はい」

「じゃあ頼むわ。これは朝ごはんに」主婦はさみどりの糖萵苣《とうちしゃ》と紅苹がごろごろと入ったふくろをくれた。

帰ってゆく主婦を見送りながら、私は腕を振りあげて大きく伸びをした。

「さて、きょうも仕事にありついた、と」

ナガノはおどろいたように「もしかして、こんなふうに評判だけでやってるの？　人が紹介してくれるのを待つような」という。

「むかしはいちおう宣伝してたんだけど、コンピュータが壊れてからは……」と私は言葉を濁す。

「コンピュータ、まだある？」

「昨日毛布を出したふくろのなかに」と私がいうと、ナガノはなにごとか思案する表情であとじさり、ぱっと身をひるがえして家に駆けこんでいく。

海を眺めて家にもどると、ナガノがテーブルを広げてそのうえにコンピュータをひらいていた。

「シガ、宣伝をはじめたよ」

「ええ？」私はおどろいて、スープの器を落としそうになる。

「壊れてなんかなかったよ、バッテリーが寿命なだけ」

「じゃあいまどこから電源を」

私はコンピュータからのびている線を目で追う。

「僕から取ってるよ」ナガノは胴衣をめくってみせた。腰骨の位置に皮膚とはちがう金属っぽい部分があり、そこからコードが伸びてコンピュータにつながっていた。

「そんなことできるの」

「僕がシガにいったせりふだね」とナガノは笑い、「とにかくこれをやるとお腹がすくよ」といった。

「いくらでも食べなさい」私は主婦にもらった野菜のふくろをおろす。糖萵苣と紅苹のサラダをこしらえにかかる。

「で、宣伝ってどうやって？」

私はナイフで紅苹を切りながら、ナガノの背後からモニターをのぞきこむ。

「ここの町民たちが情報交換してるフローに投げてみた。主婦層のフローにも投げておこう」

「あ、ああ……」

「なにをうろたえてるの」ナガノは私が切った紅苹をひときれつまみ食いする。

「こんなことするの何年ぶりかな」

「一軒いくら？」

「三千シャル」私がいうと、ナガノはすらすらと画面に書きこむ。書きこんだ文章を情報の流れの中に送信することを、投げるというのか。そのような用語にも私は疎い。

「連絡はこのコンピュータにもらうようにすればいい?」

私は野菜を切りながらうなずく。

「じゃあきょうはこれをもって移動しよう」とナガノはコンピュータをとじた。

主婦の友人宅は、家の集まった区域の中心部、教会のうらにあった。私とナガノは連れ立ってゆき、私は家を読み、ナガノはコンピュータを抱えてそこらを散歩し、もどってきては私に告げる。

「シガ、今夜来てほしいって家があるよ。この近く。受けてもいい?」

「今夜。うん、行こう」

「あとねえ……あすの昼ごろ来てっていうのもあるけど。離れと馬小屋も合わせて五千シャルでどうかって」

「それも行こう」と私は答え、依頼人に返信しているナガノを見つめ「すごいんだな」と思わずいった。

「なにが?」

「たちまちあすまで仕事が決まった……こんなことしばらくなかったよ」

「疲れる?　あさっては休みにしようか」

「頼むよ」

「じゃあそう書く」といってナガノは私をふりむき、「ねえシガ、あなたさ、コンピュータが壊れたとかっていうより、たんに苦手なんでしょ」と得意げに。

「うん」私は苦笑する。

「はやく新しいバッテリー買って入れてあげよう。いつまでも僕がいるわけじゃないから……」

ナガノの宣伝は、家読みが来ていることを町のすみずみまで伝え、集合住宅一棟というはじめての大きな仕事も請け負った。大家に内緒で部屋を改装したり、部屋をまた貸ししている店子がいる疑惑があるという。

数日の滞在で数週間ぶん稼いでしまったことに私は落ちつかなさを感じた。

「働きすぎの気がする」

集合住宅の仕事を明日にひかえた夜、私はナガノと鍋を囲みながら吐露した。

「いつもは、何日も依頼がなくて海ばかり見ているのが当たりまえだったから」

「もっとのんびりやりたいってことだね。かき回してごめん」

太蔓甘藍《ふとづるかんらん》をしぼったジュースを飲みながら、ナガノはうつむいて「ここにいられるあいだに役に立ちたかったんだ。たぶんあすか、おそくてもあさってには僕が持ち場を放棄したことが知れる」といった。

私はなんといったらいいかわからず、くつくつと煮える天草鍋を見おろす。

そうしているまにも、コンピュータから新しい依頼の連絡が来たことを告げる音がした。

集合住宅の家読みははじめてで、どうなるか予測がつかなかった。築年数は百年近く、おそらく家は私にいいたいことであふれかえっているだろう。私は郷豆《ごうまめ》をつぶして焼いたチップスと白苹のペーストの弁当をもって、ナガノとともに家を出た。

「きょうは大物だね。二十世帯入ってるって」とナガノ。

手首のバンドが見えぬようにと、きょうのナガノは長い手袋をはめている。彼の宣伝のおかげで得た仕事は報酬を山分けしており、ナガノは自分の分け前でその手袋を買った。はじめて自分のために買い物をしたといって興奮していた。

「僕もシガに弟子入りして家読みを覚えようかな」

「向いてると思うかい」

「向いてる、って?」

「自分はそれがすきか、それを楽しくつづけられるか、とか」

それまで利発そうに光っていたナガノの瞳が曇る。

「すきとか、楽しいっていうのがよくわからないんだけど……」

「私の仕事を宣伝してくれてるときの君は、なんだか楽しそうに見えたけど」

「ああ、あの感じのこと?——そうだね、フローに入ったりするのは奉仕でよくやってたから。僕、力仕事よりああいうことのほうがよくできるみたいだ」

「それも、向いてるってことだよ」

「ふうん……」

ナガノたちはすききらいや適性で仕事を選べたりしないのだろう。

「シガは家読みの仕事がすきなんだね? 向いてるんだね」

「それしか選択肢がなかったんだよ。私は教育もないし、決まった時間に決まった場所に毎日通うという働きかたも苦痛でできない。私より腕力や体力のある人間はごまんといる。いろんなことができなくて、選ばれるということもなく、落っこちて、落っこちて、いまここにいるというか」

「でも家読みなんて仕事、僕シガを見るまで聞いたこともなかった。すごく特殊な、特別な能力みたいに思える」

「いつも家にひとりで、家しか話し相手がなくて、それに家が応えてくれた。家と話すのがうまくなった。すると、自分の家の話を聞いてくれという人があらわれた。私の場合はすきだとか向いてるとかいうよりも、生きていくにはそれをやるしかなかったよ」

「…………」ナガノは爪を噛みながら、私の言葉を咀嚼しようとしているようだった。

「シガはずっとさびしかった」とナガノはつぶやく。「でもそのさびしさがめずらしい能力を生んだ」

「そんなふうにいえないこともないね」

「わるくないよね」ナガノは私に寄り添い、さするように背中に触れた。

「君に励まされるなんて」

笑いながら、ふと気づく。そういえばともに暮らした私たち五人は、ナガノのいいかたを借りるなら、さびしさや貧しさや傷など、なにかが欠けたり損なわれた状態に長くあって、その中でつかみ、つづけてきたことを、生業にしているものたちだった。

石ならべ屋は経済てきに豊かな環境に育ったけれど、自分の資質にそぐわないものを要求されつづけ、家族のだれにも心を許すことができぬまま成長した。石を探したり眺めたりすること、その時どきの彼の心を表すように石をならべることにだけ楽園を見出していた。彼は理解されないことや失望されることを経験しすぎたためか、自分に自信がなく不安定な性格だったが、石を扱っているときの彼には内側から押し出してくるようなふしぎな強さがあった。無心で遊ぶ子どものように幸福そうで、怖いものなどなさそうで、確信に満ちていた。石ならべ屋のそんなところにアキタは惹かれたのではないか、私とおなじように。石ならべ屋が浜辺にたき火をしながら、ひと晩かけて私たちの家を取り囲むような大きな絵を描いたとき、家はほんとうに喜んでいたものだ。

彼とアキタのそのごのことを考えていると、フンフンと歌うような細い声が聞こえて、ふり向くとナガノがハミングしていた。私と目が合うとびくっとして歌うのをやめた。

「どうしたの」唐突なやめように、私のほうがおどろく。

「ああ……歌って、よく叱られたから」

「え？」

奉仕中や奉仕場の行き帰りやハウス内、つまりは四六時中、歌うことを禁じられていたとナガノはいった。歌やダンスといった芸能系の仕事をするアキタ型などがうらやましかったと。

「君たちだって歌くらい歌うだろう」

「だから皆頭の中で歌う。でも僕は時どき声に出してしまう」

「君たちが気分よく生きることを快く思わない人がいるんだね」

「そりゃあそうでしょう？」

「納得してるのかい」

「クローンを養ってやって、仕事も与えてやってるのに、さらに歌まで歌われたら、調子に乗ってると思うでしょう。僕ら謙虚にしないと」

「どういう理屈だ」私は聞いていて胸が苦しくなる。

集合住宅に着いた。私は大家にあいさつを済ませる。店子たちの中に、勝手に部屋を改造したり他人を住まわせたりしている者がいるようなのだが、証拠もなくて強くいい出せないでいる、と大家の老人はいった。

「いつのまにかガラのわるい連中も出入りするようになって……いったいどうなっちまったんだかなァ。まともな人が怖がって引っ越していっちゃうんだよ」

住人に見つからないように、地下の倉庫で家読みをしてくれないかと大家はいった。倉庫は暗く湿っており、かびの臭いが満ちていた。照明箱をいちばん強く灯してふたつ置いても、まわりの闇が光を飲むように吸いこんで手もとしか見えない。

ナガノははげしく咳きこんだ。「苦しくない？」

「これを巻いて」私は手拭き用の布を出して一枚をナガノに渡す。鼻と口をおおうように巻いてみせる。

「シガ、あなたここにいていいんだろうか。僕が代わってあげられたらいいのに」とナガノはそわそわしていう。

危険だったり不潔だったりする環境に人間がいることに、彼らは耐えられないらしい。

「大丈夫、落ちついて」

「落ちついて」とナガノは自分にいい聞かせるようにつぶやく。

「ここは私がやるしかないんだから」

「ごめんなさい、この仕事をもってきてしまって」

「屋根裏や床下に入ることもある。気にしないで。それに、私の身代わりになるという考えもしなくていいんだよ」

ナガノはわかったのかわかっていないのか、はあ、と声をもらした。

「スープをちょうだい」

「はい」

ナガノは私のうしろに座って、保温容器から注いだ黒スープをくれた。私はそれを飲みながら家読みをはじめる。

この建物はめずらしく、言葉よりも映像でいいたいことを伝えてくるタイプだった。私は千件は家を読んできているが、こういうのは十件もあったろうか。建物は、大家が自分の中で起こっていることを不安がっているのはわかっていて、私にはやく真相を伝えようとしていた。

建物が見せてきた映像は衝撃てきなものだった。北側の三部屋は壁がぶち抜かれてひと続きになっており、昼もしめきったカーテンの内側では、壁に向かって一列にコンピュータがならんでいた。そこには人間が集められてコンピュータとつなげられている。人びとは半眼で、目には光がない。体は椅子の背にだらりともたれている。モニターの画面だけがせわしなく動いている。

「画面をもっと大きく見せて」

私は声に出さずに建物に頼んでみる。私のまぶたの裏で拡大されたモニター画面は、戦場でいままさに捉えた敵を攻撃しようとしている視界だった。私は思わず目を見ひらいていったん映像を消した。はげしく動悸がしてくる。

「戦争の請負か」私は建物に問う。建物はそうだという。

もぐりの戦争請負。こういう仕事をしていると、犯罪行為を目撃してしまうことがある。そういうときそれを黙っているか、依頼主に告げるか、しかるべきところへ通報すべきかは家の意思にしたがってきた。この建物は現状を大家に伝えてほしいと、強く強く、私の心臓を叩くように訴えてくる。

私はもういちど目をつむる。血なまぐさいモニター画面は目に入らないようにしながら、つながれている人びとを観察する。彼らがみな右腕がないことに気がつき、私は息を飲んだ。

「逃亡クローン？」

そうだと建物はいう。手枷が爆発したあとも生き延びたクローンたちが集められて、ここから遠い戦場のロボット兵に宿る意識として休みなく奉仕させられている。

「誘拐されてきた？」と建物に問うと、そうではなく、みずから志願してくるのだといった。

私はまだ、クローンの心理がよくわからない。彼らは人間に奉仕することだけを喜びと感じるように作られている。まれに仕事に耐えられなくなったり、「自由の身にならないか」というそそのかしに乗って逃げてしまうクローンがいるが、たいていはまた奉仕をせずにいられなくて新たな雇い主を求めてしまう。ここもそうしたクローンたちの再就職の場のひとつだという。クローンたちは仕事を選ぶという観念がないので、命じられればそれをやってしまう。

私はひとりずつ顔を見せてほしいと建物に頼んでみる。クローンはほとんど成人男性だったが、女性型もいた。コンピュータとつながっている者は一様にぐったりとして、口があいている。モニターの向こうの敵に攻撃を受けたのか、とつぜん痙攣しだす者もいる。休憩中なのか、サプリメントをもらうためにならんでいる者。数台のベッドには眠っている者も。戦闘の現場と思えないほどそこは静かで、監視者たちの穏やかな談笑さえ聞こえた。そして私はナガノの顔を見つけた。

私はふり向く。ナガノは私の背後でコンピュータをひらいており、フローを眺めてスープを飲んでいた。そしていう、「弁当は外で食べようね」と、気遣わしげに。

私がなにもいえずにいると、感傷にひたるのはゆるさないというように建物は私の意識を引きつけ、室内の全貌を見せてくる。こんな強引さはふつうの家にはない。私は頭を乗っ取られるように映像を見せられつづけた。

さらにわかったことは、コンピュータにつないだクローンたちを監視し、管理しているのもまたクローンだということだった。服を着ているとわからないが、じつは監視者の右腕は義手なのだと建物は教えてくれた。逃亡クローンがさらに弱い逃亡クローンを支配している。なんてことだ、と私は口の中でつぶやいた。

「シガ、そろそろお昼に」

「先に食べなさい」

はい、とナガノが立ちあがりかけたとき、私は中にナガノ型がいたことを思い出す。「あ、待ちなさい、やっぱり私も行く」彼がひとりであたりをぶらつくのは危険かもしれない。

教会のある広場まで私たちは歩き、噴水を眺めながら弁当をひらいた。

「あの建物どうだった?」ナガノは郷豆のチップスに白苹のペーストを塗ってほおばる。

「犯罪の温床というか……大家が想像してる以上だ」

「えっ、どんな」

「飯がまずくなるよ」

「そんなにひどい?」

「君はうちで留守番してたほうがいいかもしれない。送るから」

え？　とナガノは要領を得ない表情をする。

「もしかして――あそこクローンがいる？　まずいことやってる？」

「まあ……うん……」

「ナガノ型がいるんだね？」

「ひとりだけだよ」

「――腕あった？」

私は首を横に。ナガノは顔を両手でおおい、うめき声をもらす。

「留守番なんていわないで、ひとりでいたら気が狂ってしまう」

「ナガノ、君たちはその仕事が犯罪だとわかっていても、命じられれば働く？」

え、とナガノは虚をつかれたように黙り、すこし考え、「まともならやらない。すくなくともボスは違法な仕事はもってこない。そんなの請け負ってるとばれたら政府から保護されなくなるから」

「じゃあ君たちが犯罪とわかっていてもその仕事をしてしまうのは、どういうときだろう」

「奉仕先がなくなったとき……？」ナガノはぽつりといった。「仕事がないと、僕らはとても追い詰められた気持ちになる」

「そうだろうね」私はため息をついた。

「どうして?」

「さいしょは逃亡クローンが誘拐されて、無理やり働かされてるのかと思ったけど。どうやら志願して集まって来てるらしい。とくにこの星はクローンがめずらしくて、顔を見てクローンだというのは、わかる人間しかわからない。いま、君たちの星からどんどん流れてきているようだ」

「噂は聞いたことがある。ほんとうだったんだね、闇の求人フロー。そこに飛びこむようになったらもう、死なせてももらえなくて、永遠に犯罪に加担させられつづけるって。それでみんな、このままおとなしくハウスにいようと思う」

ナガノはふと私を見あげ、「ねえシガ、どうしてボスたちは逃亡したクローンが即死するように作らないんだろう。どうして、運がよければ生き延びられるくらいの罰にするんだろう」といった。

私は口をつぐむ。それはあまりにむごいことで、とてもナガノに向かっていうことはできなかった。

「わかってるよ。さらに立場の弱いクローンを作るためだね」

いつのまにか、広場から人影が消えつつあった。見ると足もとにすこしずつ霧が流れてきている。これまでの霧と違って、吸いこむと軽くむせる刺激のあるガスだった。

「海がここまで……」と、ナガノは足首まで霧に包まれながら。

「行こう。はやく仕事を済ませて帰ろう」

私は立ちあがって、ナガノの背を押して集合住宅までの道を急ぐ。

建物が見せつけてくる映像はあいかわらずで、もはや住人の半分ちかくは違法なやりかたでこの星に入ってきた人びとで、ひとしく犯罪に手を染めていた。ナガノがその筋のフローに入ってみると、この建物はそうした用途に使いやすい、管理の甘い物件として知られていることがわかった。「有名だよここ」とナガノはあきれた。

私はきょう得たことのすべてを大家に話し、腰が抜けている老人を置いて立ち去った。老人は、怪しげな連中も家賃の支払いだけはきっちりしているから、ことを荒立てたくなかったのだとこぼしていた。

私たちは膝のうえまでかさを増してきた白い霧の中を歩く。

ナガノが、自分がこれからまもなくあの建物で働かされている仲間とおなじような境遇におちいることを、怒りも嘆きもせず、受け入れているようすなのが、私にはショックだった。うまくいえないが、どこまで壊れているのだろう、と、となりを歩いているナガノを見つめてしまう。

「空にいるみたいだ」ナガノは自分の周囲のもやを見おろしてうっとりといった。

「この星の、海っていうのは、ずっと歩いていける空のことなのかしら」

ナガノはちょっと歌ってはやめ、またこわごわ歌い直すことをくりかえす。ひとつの曲をさいごまで歌いおおせることができない。

「歌えるようになるといいね」

「うん」

これからこのナガノをどうしたらいいのだろう。

ナガノは一緒に暮らした仲間たちとはちがう。彼らとの同居は、それぞれの旅の途中でほんのひととき道が重なりあったというものだった。時が来たらふたたび散ってゆくことはわかっていた。ナガノはそうではない。ずっとひとりで生き

てきた私にナガノを引き受けることはできるんだろうか。いつか彼を投げ出してしまうようなことをしないか、自分を信頼できるのか。彼がいることで私の生活はどう変わってしまうのだろう。

「私は人づきあいは苦手なほうで」と弁解めいたことをいいかけると、「うん、長いこと家だけが友だちだったからね」とナガノが心得たようなことを返してきたので、私はおかしくなった。

「仲間たちと暮らせたのは、いずれ別れる人びととわかっていたからかもしれない」

「楽しかっただろうね」

海辺の家に着く。入口の布を巻きあげると、清潔で乾いた空気が出迎えてくれた。

「もっと自由に」長い沈黙ののちに私は切りだした。

「えっ？」ナガノが弾けるように顔をあげる。

「思うままに旅をしてもいいのかもしれない。いままでは、つてのいる町や、行けばかならず仕事をくれる人がいるなじみの町を巡回していたけど」

「うん」

「はじめての土地にも行けるのかもしれない。行きたいところに……心のおもむくままに」

「楽しそうだね」

「可能になる。君が宣伝をしてくれたら」

「シガ、それは、僕もいていいってこと?」ずっと考えていたことなのか、ナガノは早口でまくしたてる。「僕はこの先すくなくとも右腕を失うよ。もっとひどいことになるかも。さらに足手まといになることは確実で、かならずあなたの役に立ちますって約束できないのがつらい」

うん、うん、と私は聞く。

「それでもいいっていうの?」

「たしかに君は人前に出る仕事はできないね。偽名も使えないようにできてるようだし」

「犯罪の手先になるくらいしか、つぶしがきかないんだ」

「自分をそんなふうにいうんじゃない。君は私を助けることで、私を通じて働くという生きかたもできるんじゃないかと、いま歩きながら考えていたよ」

「あなたを通じて働く？」

「とはいえ私の仕事だって、ずっとつづけられる保証もない。あした家の声が聞こえなくなるともかぎらない。そんなことは起こらないと信じているけど」

と私がいうと、家の壁をなす分厚い布は、風もないのにごうごうとうねって私を励ました。

「もしなにも手伝えない体になったら？」

「そのときはただ、私といればいいじゃないか」

「ただいる？　なんのために！」ナガノはほんとうにわからないという顔でいう。

「私も人と一緒に生きられると教えてほしい」


翌朝、目を覚ますとナガノのすがたが見えなかった。彼の寝ていたあとにコンピュータがひらかれたまま置いてある。私は上着をはおって外に出た。

ナガノは海に入っていこうとしていた。

「ナガノ！」私は叫ぶ。

「シガ」ナガノはふりむきながらも立ちどまらず、足首が、そして膝まで、白い渦の中に消える。

「温かいよ」

「おい、安全かわからないぞ」

私はすこし声を荒げ、ナガノを呼びもどそうとする。しかしナガノは薄く笑いながらさらに深く入ってゆく。太ももまで、腰まで。もやを両手でかき混ぜるようにして遊ぶ。

「まるで雲の中だね」

「ナガノ、はやもどれ」

ナガノは両手でもやをすくい、顔を洗うようなしぐさをした。見ているこっちの目が痛くなるようだ。

「ああ‼」ナガノがとつぜん叫んだ。

「どうした」

「ああ、ああ、シガ、見て」

ナガノは左手で右手首を押さえながら、よろめきよろめき歩いてくる。

「消えてる」

と、私に向かって突きだす右手首の機器の小さな画面は、電池が切れたように
なにも表示されていない。

「これは?」と私。

「わからない」ナガノは青ざめた顔で、「もしかしたら、だけど、あのガスのせ
いかな?」と混乱したように。

「ガスの中は磁場になってるとは聞くけど」

「止まってる」ナガノは手首のバンドを耳に当てた。「もしかしたら、もしかし
たら。いまなら外せるかもしれない」

「え?」

「切るものある?　ナイフ……鋏」

「大丈夫?」

「おそかれはやかれ爆発するんだ、もう時間の問題だ」

私は家にもどり、道具袋を探った。金切鋏を取りだす。ぼろ布から引き抜き、
柄を握って刃先をひらいてみる。ナガノのバンドの厚さくらいなら切れるだろう。

クレーターの淵にナガノは手首を押さえて震えながら立っていた。

「ほんとうにいま切るかい」

ナガノはうなずく。私に手を差しだし「海の中でこうなったんだから海の中で切ろう。鋏を」という。

「右利き用の鋏だよ。私が切ろう」

「シガにけがさせるわけにいかない」

「爆発しないんだろう?」

「絶対そうとはいえない……」

「急ごう。またもとにもどるかもしれない」

ナガノはおずおずとひざまずき、右手首をガスの波打ち際にひたす。他人を巻きこんでしまうかもしれない恐れと、それを意に介さない私に「どうして?」と問うように目を見ひらいて。

私はナガノの横に片膝をついて、その手首に巻きついた、やわらかく細い金属の糸を編んだような幅広のバンドのしたに鋏の歯をひらいて滑りこませた。ナガノは運を天に任せたように目をとじ、喉仏がはかなく上下する。

刃はしっとりと金属の繊維に食いこみ、バンドはぼろりと霧の中に落ちた。

ナガノは体の力が抜けたようにくずれ、うめいた。そして「信じられない」と、むき出しになった、ほかの部分よりいくらか色の薄い皮膚をさする。

「な、く、なった……」

「よかった」私はつぶやく。

「怖くなかったの？　どうして僕なんかのためにこんな危険を」

「なんとなく、そのバンドはもう君から離れたがっているような気がして」

ナガノはわあわあと言葉にならない声をあげ、クレーターの淵に、犬のように腹を見せて転がった。

「旅をしよう、シガ」

両目からぼろぼろと涙をこぼしてナガノはいった。

「なんでもできる気がする。生きていればなんでもできる気がする」

うわ言のようにくりかえすナガノを横目に、私は鋏をふたたびぼろ布に刺しながら「なんでもおやり」といった。

徐華のわかれ

学舎から帰ってきて、爪ぜんぶにちがう色を塗った。あおむけに寝ころんで、天井に向けて手を伸ばす。指を細かく動かして近づいたり離れたりする色に、星どうしの接近とわかれを重ねながら見ていた。

外がさわがしい。起きあがって窓の前に立つ。水滴型を横に倒したような、丸い頭が短く尾を引くような形の、巨大な白い塊が音もなく、人が歩くよりもわずかに速いくらいで土のうえをすすみ、うちの前を通りすぎるところだった。その塊にいくたりか子どもたちが群がっている。

(キンだ)

頭の中でその言葉が光る。

写真では何度も見たことがあるキン、実物ははじめて。真っ白な海鼠《なまこ》子を丸く太らせた感じ。山で見た人がいるからきょうあたり街に来るかもと学舎で話しているやつがいた——などと、級友の言葉を思い出すのとほとんど同時に、おばさんが台所から「キン来たよおー、行ってくれるかあ」という声がした。「はい」とおれは返事をした。

玄関にはもち手桶に歯柄杓をつっこんだ、キン取り道具が置いてあった。手桶にかかっている、黒っぽい古びた手袋をつかむ。いくつも穴を修繕した跡。この手袋をはめるのはおれで何人めなんだろう。桶をつかんで外に出る。呼気が、手でもてそうなくらいにくっきりと白く形をとる。けさ、季節が徐冥《じょめい》から冥《めい》に変わったと広報車がふれて回っていた。

キンは大人が十五人くらいで手をつなげば、取り囲めるかという大きさ。ずりずりとすすむキンの周りには人だかりができていた。たいていはおれのような学舎から帰った未成年たちで、なかにはまだ、キンを盛ったはいいもののひとりでもち帰れるかあやしい子どももいた。こんな小さいのまで使いに出すなんてどこの家も大人は忙しいのか。皆はもう真冥《まめい》のような服装——鼻のうえまで毛帯《けおび》で覆って、隙間から蒸気のように息を漏らしている。

おれはこないだの晩華《ばんか》にこの国に来たばかりで、冥の生きものであるキンを見るのも取るのもはじめてだった。

「冥になったばかりだからね、このキンまだまだ大きくなるよ。真冥には一・五倍にはなるかな」という聞き覚えのある声がすぐ近くで聞こえた。声の主はおれの目の前を歩いている子で、その大きなふさつきの帽子は見たことがある――同じ教室の女の子だ。大人の受け売りっぽい口調が背伸びしているようでなんだか笑えた。

「リョク笑ってるの？　なにがおかしい？」

後ろにおれがいたのに気づいてたのか、とおどろく。この子は勉強がよくできるけど、そういう頭のよさとは別に、女の子には、目がこっちを向いてなくてもだれがどこにいるのかわかる鋭いレーダーみたいなものがあるみたいだ。教室でも、遠く離れた席の女の子から、いちども目は合ってないのに「さっき私のこと見てたでしょう」といわれることがある。こっちとしては、見てたり見てなかったりだよといいたいけど。

笑ってないよ、とすこしおくれて答えようと口を開きかけたとき、その子はしびれをきらしたようにとなりの子に「こないだの晩華に来た子。あんまりしゃべらなくて暗いの……」とおれのことをいった。おれはため息をついた。

間近で見るキンは、青いくらいに白くてふわふわとしている。そしてその全身からは吸いこむと胸がすーっとするような清涼な冷気を発している。群がる人間を意に介さぬように、すすむ速度をキンは変えない。おいて行かれぬよう小走りでついてゆきながら、なんだかとてもなつかしいものの近くにいるような気がして、その小山のような白い体を見あげた。

片方の手袋を脱いで、キンのふかふかのわたのような表面に触れてみる。触れた部分のわたはおれの指の熱を痛がって退くように溶け、冷たさが、指先から心臓までの神経を一瞬輝かせるようにしみた。

手を離すと、指先は冷たい水にぬれている。

「取らないの?」

と、おれの前でキンの肌を取り終えたさっきの女の子が、ふりむいていった。

えっ、とおれは一瞬なにをいわれたかわからなくてその顔、毛帯から出た目を見つめてしまう。

「取りに来たんでしょ。ぼやぼやしてると行っちゃうよ、のろまに見えるけど。つぎの人たちも来ちゃうし急がないと」

きまりとして、キンは自分の家からあまり離れないうちに取ること、移動したキンを追いかけてまで取ってはいけないとされていた。

「見とれちゃって」とおれが正直にいうと、その子は目を細めて笑い「キンに見とれる？　こんなものに？　リョクってやっぱり変」といった。

変、という言葉には、いつも内臓がぎゅっとちぢむよう。おれは爪を隠そうと指をにぎりしめた。手袋をはめてるんだから爪に塗った色なんか見えやしないのに。その子は面倒なおつかいがやっと終わるというようにせいせいした顔で、キンを山盛りにした桶をさげて帰っていった。

いわれてみれば、皆は目の前のキンを削り取ることに夢中で、全体をながめてうっとりしているようなのはおれだけのよう。取り終えた者はひとりふたりとキンから離れてゆき、新しい削り手がそれぞれの家から出てくるのが見えた。このあたりの人は大人も子どもも皆、灰色や茶色の服を着ている。おれがおばさんに用意してもらった服——たいていはまえにいた子たちやおじさんのおさがり——

も、身に着けている色で自分だとわかってしまうのをおそれるかのように、皆と同じ灰色や黒っぽい茶色だった。

おれも、と、ぎざぎざの鉄が植わった歯柄杓を桶から引き抜いたものの、キンのきらきらと輝く白い肌を見ると手に力が入らない。どこにこの歯を当てろというの。キンの削られたばかりでえぐれた部分は青っぽく、見ているそばからぶくぶくと泡立つように白いわたが再生してきている。

(生きものなんだ……)

キンは植物なのか、動物なのか。こんなにはやく育つ草も、はやく伸びる毛もみたことがない。おれの前にいた子が削っていたところも、なにごともなかったように生まれたてのわたにふかふかと覆われていた。

(こんなにすぐ再生するなら、すこしくらい削っても?)

気を取り直して歯柄杓の先をキンに当てようとし、やはりできない。おれが生まれ育ったところでは動物は家族として一緒に暮らしていて、彼らを食べる習慣がなかった。外国に出て食べるようになる人はいると聞くけど、生きて目の前で動いているものの肉を取るなんて、おれの国の人ではまだだれもしたことがないんじゃないかと思うくらい。

「ちょっとあなた、もう家は遠いでしょ」

キンを見あげながら歩いていると、女の人が後ろからおれの肩をたたいてたしなめた。ふりむくと、家からずいぶん離れてしまっていた。

その人はおれの桶を見て「あら、取れなかったの？　気の毒だけどよそまで来て取っちゃいけないのはきまりだから」と早口でいった。

「はい。気をつけます」

群れを離れる。取らなくて済んだ、と心が楽になっている自分がいた。

キンを取れなかったおれをおばさんは責めず、「困ったなあー」と笑った。

「これまでいろんな子を預かってきたけど、キンを取れなかったのはリョクがはじめてだ」

「すみません」

「まだすこしあるからいいよ……何日か経てばまたまるまる太ってやってくるだろ」

土地の人びとは寒い時期だけ現れるキンの皮膚を削り取り、溶かした液体を料理や風呂の湯などに混ぜてつかう。冬場の健康維持に欠かせない栄養素を、キンの水は豊富に含んでいるのだという。おばさんは床下の倉庫に降りてゆき、瓶に入れた保存用のキンをもってきて鍋にあけた。どの家にも床下に室《むろ》があって、ここに置いたものは水が凍るか凍らないかの温度で保管できる。キンも解けずに華まで置いておけるというけど、ほんとうかしら。話を聞くとここの華は、おれのいた国の夏と変わらぬほど暑いというから。

この国の季節は徐華、華、徐冥、冥の四つでめぐっていて、でもここの人たちは四季とはいわず二季という。焼けるような華と凍える冥のふたつがとても長くて、その切り替わりに、関節のような徐華と徐冥がある。徐華と徐冥は季節と呼ぶには短すぎると考えられているようだ。

「冷えたろう」といっておばさんは緑油豆《みどりゆまめ》と黒掌苔《こくしょうだい》のスープを作ってくれた。緑油豆の優しい塩味と、炙ってからもみほぐして入れた黒掌苔の香ばしさがたまらなくて、はじめて飲んだときにひと口で大すきになった。ごくごくと飲むよりは、体にしみこませるようにすこしずつ飲みたい味だ。

カップの中をのぞけば、どろどろとした濃い緑色の表面には豆の油が小さな金色のレンズのように浮かんできらきらしている。金色のレンズを通して透けるスープの色は青っぽい。うつわをゆすって波立たせると赤や黄色が遊ぶように現れては消える。きょうは底に黒掌苔をつぶして練ったものが沈めてあったらしく、ゆすると水面に墨が広がるようにしたからにじみ出てきた。

「そんなにゆらしちゃこぼすだろ。食べもので遊んじゃだめよ」といいながらおばさんは笑っている。おれの向かいに腰かけて、スープにキンの水をたらしてかき混ぜて飲む。キンの水が入った小さな水差しはいつもテーブルのうえにある。

「リョクも入れなさい」おばさんは水差しを指して「キンにゃトリュールモリビユール、亜《あ》鉄銅糖《てつどうとう》クロマリ素、ありがた硫橙《りゅうとう》が入ってるってね」と、もう何度も聞かされている、キンの水に含まれている栄養素の名をいった。なんだか古くさい語呂合わせの歌だなあと思って毎回聴いている。トリュールやモリビュールなんていまの授業じゃ習わない。

　これらの栄養素はほどよく日光を浴びることで体内で作ることができるけど、日照時間の短い冥には不足しがちで、目や喉なんかの粘膜が荒れたり胃腸が弱くなったりする。

おばさんは台所に立ち、苔麵麭《こけパン》ののった皿をもってもどってきた。

「水入れたか?」

「入れた」おれはうそをついた。

「お代わりは」

おばさんはおれのカップに手を伸ばす。おれは首を振って、「おばさん、キンは一匹だけ?」と訊いた。

「現れるのはひと冥に一匹だな」

「毎年同じキンなんだろうか」

「毎年同じ……?」

「さっきうちの前を通りすぎていったやつ、あれがまた来年も来るのかなって」

「いつも徐華の中ごろには再生もおそくなって、小さくなって、すがたを見せなくなるのは棲みかで解けて消えちまってるんじゃなかろうか。それがまた翌年現れるのは、同じキンといえるのかどうか」

さいごのほうはひとりごとのようにおばさんはいう。

「毎年死ぬってこと?」

「キンがどう死んでどう生まれるか見た人はまだいないんだ。皆空想でものをいってる。去年の解け残りがすこしでも混じって、それがまた膨らむのなら同じキン、そうじゃないなら別のキン、でどうだ」

「でどうだ、って」

ここで決めてしまえばいいじゃないか、とでもいいたげなおばさんにおれは笑う。

「昔から山の神ともいわれている。人里におりるまえのキンを山で見かける人がいるから。海の神だという人もいる。海にはキンの形そのまま、手のひらに乗るような大きさに縮めたような生きものがたくさんいるんだそうだ」

「海牛子《うみうし》とか海鼠子に似てると思ったよ」

「リョクの国の海にもキンみたいなのがいるかい」

眠れなくなるから、故郷のことをあまり思い出したくない。おれは「うん」とだけ答えて周囲の家具に目をやった。ここらの家はおおくが円筒形に建てられていて、窓は小さくてすくない。強烈すぎる華の日ざしと冥の寒気のためにこういう設計になるみたいだ。台所とつながったこの食卓は家の中心にあって窓がない。

調度はおしなべて黒っぽい。もともとの色なのか煤けているのか影なのか……ランプのしたで見極めようと目をこらせば、闇に吸いこまれてしまいそう。

食器棚に飾ってある人形や写真を眺める。かつてここで養われていた子どもたちの写真がたくさんある。数年まえに亡くなったおばさんのつれあいの写真も。

「この家で預かる子はいつもひとりだけ？」

「おおいときでいちどきに三人いたことがあったかな。血のつながったきょうだいだったり、べつべつの家の子同士だったり。あの人がまだ元気だったころはね。死んじゃってからはひとりずつ。その子が巣立ったら、またつぎの子に来てもらって……」

「家に子どもがいると楽しい？」

「話し相手がいるのはありがたいねえ。あたしひとりでいるのがすきじゃないの。家がシーンとしてるのも苦手。家のどこかでだれかがいる物音がしていてほしい」

といっておばさんは足虫が張った巣にほこりがたまっている天井を見あげる。

「この家もあたしたちが越してきて建てて、もう何十年だろ。傷んできてるのはわかるんだけど、あの人のいないいま、修理もどこから手をつけたらいいのやら」

「あとで天井のほこり掃除しておきます」おれも一緒に天井を眺めてそういうと、おばさんは小さな目を輝かせて「ありがとう、助かる」とほんとうにうれしそうにいった。

おばさんはスープをお代わりした。湯気を立てるうつわに水差しのキン水をたらすのを、間近に迫ったキンの清らかな感じさえした白さを思い出しながら見ていると、おばさんがいった。

「綺麗に塗るなあ。いつでもお祭りみたいだ」

「えっ」

その爪さ、というようにおばさんはあごでおれの手もとをさす。

「それも絵の具?」

「うん……」おれは手をテーブルのしたに引っこめる。

ほ、ほ、ほ、とおばさんは笑った。

「まだあの遊びをしてるんだな」

おれがもといた国では、体に色を塗ったり絵を描くのはだれでもやる遊び。ここに来たとき、消したつもりだった色が腕に残っていたのをおばさんが目ざとく見つけて、体に絵を描いていたというと「お兄ちゃんだと思ってたけど、子どもみたいなことするんだね」と笑われた。おれのいたところでは大人も、おばさんくらいの年寄りも、みんなふつうにすることだよ……といいたくなったのをそのときはこらえた。ここに来てから、体に絵を描いていると奇妙なものを見る目で見られることがおおくて、目に触れる場所は、爪とか、たまに目尻に色を置くくらいにしている。

学舎の書物室でキンについて調べた。毎年徐冥のころに山から現れ、人里をめぐってはまた山のねぐらに帰るというキン。怪物を追いかけた人は過去に何十人もいて、うちのおばさんが生まれるすこしまえに、キン探しの探検が流行した時代があったらしい。にわか探検家はたいてい山で行方不明になったが、街までどれたものの山での記憶をなくした人、ふさぎこんだままになる人などが続出したという。それで皆これはキンの呪いであるといい出し、キンの棲みかをつきとめようとする者は正気をうばわれるのだと信じられるようになる。

キンは栄養豊かな水をもたらす恵みであり、山の神としての信仰対象でもありつつ、魔物として怖れられるものでもあった。その時代の人が描いたキンの絵では、巨大な坊主頭にひとつ目がぎらぎら光っていたり、胴の中ほどまで裂けた口に人間が飲みこまれていたり。おれは故郷では山よりも海に親しかったせいか、キンを見ると海の生きものを思い出す。じっさいのすがたは海底を這うものたちと似ているし、魔物としての描かれかたも海の妖怪——人食い巨蛸人《きょしょうじん》とか、船を転覆させる修道人魚《しゅうどうにんぎょ》なんかに通じる気がする。

　キンはかびの一種だという説があることも知った。いまの季節に大きめの石をひっくり返してみると、裏側に生えているのはたいてい黒掌苔だが、この黒掌苔は削られたりむしられたりした直後の成長がとても速いことで知られている。もうひとつ、晩冥から徐華にかけて山や森で育つ白いわたのような猫祥維《ねこしょうい》という茸があって、木の表面でむくむくと育って大人の握りこぶしくらいの大きさになると、木から離れて風に乗って空気中にただよいはじめる。地面に落ちてころころ転がり、猫祥維どうしが地上で触れあうとくっついて大きな球状になってさらに転がる。この黒掌苔と猫祥維の両方の性質を合わせるとキンのイメージに近いものになる。キンの肌の、じわじわと内側からにじむように再生するわたは菌糸で、そこに空気中の水分がつぎつぎと結晶して樹状にふくらんでゆく。そんなふうに説明している本もあった。

キンの内側に入ったことがあるという人の手記もあった。うわさ話ばかりを集めた雑誌の中の、体験者からの投稿という記事で、うそだろうと思いながらも吸い寄せられるように読んでしまう。キンの中には美しい御殿があり、そこでは光の板に定規を当てて切り出したような、そろった形をしたぴかぴか輝く生きものたちが無数に床にあふれている。おそらくこのぴかぴかの一匹ずつが、キンのふかふかのわた——菌糸体のひとつずつなのだ、と筆者は独自の推理まで開陳している。御殿の人びとはその生きものが大量に集まったことを祝っている。美しく着飾った女たちがいて、優しく笑って手招く。酒をすすめてくる。これは罠だと思ってあやうく引き返した——。

(なんて能天気なんだろ)

おれはキンの中の御殿という記事に笑った。怪物の腹の中に異世界がひろがっていたり、ふしぎな美女がいて酒宴に誘われるとか、そんな伝承はいたるところにあるんだな。

古い本を読むと、生きものの進化は環境に適応するために起こると考えられている時代があったことがわかる。気候が極端な場所に生まれたり、人為てきにもともとの住処からかけ離れたところに連れてこられて、そこで生き延びるためにやむをえずそれまでのすがたや性質を変えるといわれてきた。しかしいまは、すべての生命はその種族固有の役目や意思を果たすために自ら望んで変形しつづける、環境はその表現の場として選ばれていると考えられていて、おれも学舎ではそのように教わりつづけてきた。

ではキンは、どういう目的があってあのようなすがたなのだろう。どうして、体を容赦なく削られ食べられるとわかっているのに、何度もなんども人びとの前に現れるのだろう。

キンの棲みかを見た人はいない。皆いろいろ想像しているけど、キンの死と誕生がどうなっているのか、ほんとうに知っている人はいない。

リョク、とおばさんが呼ぶ声がした。机から顔をあげると外の騒がしさが耳に届く。キンだ、とまたあのふしぎな冷たい生きものに会えるうれしさと、キン取りに行かされる怖さが同時にこみあげてきた。立ちあがったものの返事ができずにいると、もういちど名前を呼ばれた。

「リョク、キンが来たねえ、行けるかあ?」

「はい」おれは上着と、さらに厚く重たい外套を羽織って襟の毛帯を起こした。

玄関のキン取り道具をつかんで外に出ると、赤や黄緑がたっぷり溶けこんだような青黒い夜の中をしずしずとゆくキンがいた。今夜のキンは、ここから宇宙船大の蛾でも飛び立つんじゃないかという、巨大な繭のよう。美しい。いっぽう、額に照明をつけて手に手に歯柄杓を構えた人びとのようすはまさに宝石の採掘現場といった感じ。

いつもより時間が遅《おそ》いので大人も取りにきている。キン取りは一家からひとりというきまりもあるが、夜闇にまぎれて家族で来ているらしい人たちもいる。キンに勢いのあるいまなら、多少のよくばりも目をつぶってもらえるのかな。

人びとの息がはっはっと白く煙るのをおれは見ていた。たくさんの汽缶《ボイラー》が移動しながらキンを取り囲んでいるみたい。人びとの息なのか、キンの肌からあがっているのか区別がつかないほどの湯気。キンは熱に囲まれると苦しいのではないか。熱とはなんだろう。夜中に寝具の中で自分の体を抱きしめていると、なんのためにこんなに熱いんだろうかととほうに暮れる。

おれはラルコの冬毛のようなふかふかと白いキンの肌に触れる。前回よりもキンの肌はさらに細かく、氷を削った粉のようで、指のまわりがぐるりと溶けて穴があいた。自分の体に同じことをされたらどんなにか痛いだろう。おれの横で、背の高いおじさんが頭上に腕を伸ばし、削るというよりも、ほとんど払い落とすという感じでさらさらと桶にキンを入れていた。

「きょうは粉のようだなあキンは」とおじさんはひとりごとをした。長い脚でゆうゆうとキンとならんで歩いている。おじさんはおれが聞いているのに気づいてか、自慢するような口調になる。

「冥が深まるとキンの質もよくなる。こういうさらさらのキンがいちばんうまいし栄養もある。徐冥や徐華の何度も解けて固まったような、身がしまっちまったキンは三流だ」

「…………」

おれは得意そうにいうおじさんを見あげて聞いていた。その目はふっとおれに向けられる。

「見かけない顔だね兄さんは」

「えっ」

「ぜんぜん取ってないじゃないか？　よこしな」

すこし酔っているらしいおじさんは、上機嫌でおれの手から桶をうばい、だれとも競うことなく彼だけが取ることのできる高いところのキンをはらはらと払い入れた。こぼれたキンの粉が星くずのように舞っておれに降りかかった。帽子と毛帯のすきまからわずかに出た目のまわりに落ちた細かなキンは、すっすっと先のまるい針に触れられたような刺激をもたらした。まぶしい、と思わず目をとじると、黒い森の中にいるような光景が一瞬だけまぶたに浮かんだ。

「ねえ兄さん。おれたちゃ皆キンの子どもみたいなもんかもなあ。キンにぶらさがってお乳をもらってるようなもんかもなあ。ねえ兄さん、ねえ兄さんっと」とおじさんはおれに向かっていっているのか、ひとりごとなのかよくわからないことをぶつぶつという。

「こんなもんか？　まだいる？」

「じゅうぶんです」

「いちばん上等の部分だ、軽く指で払っただけで落ちてくる。力を入れないと削れないようなところは二流、三流。じゃあな」

おじさんは上等な部分で満たした桶を抱いて列を離れた。おれの桶にも三分の二くらいのキンが。桶を覗きこんで歩みがおくれ、後ろから来た人たちに突き飛ばされておれは群れから出た。

「………」

桶の中のキンが光っている。あのおじさんがいなければおれはきょうもキンを取ることはできなかっただろう。からの桶をもち帰ってまたおばさんに謝って、おばさんはこないだよりはすこし深刻に困った表情をして。これをもち帰ればそんな顔をさせなくてすむ。責められなくてすむ。人に取ってもらったキンで……。これからもだれかが取ってくれるかもしれないけど、キンが痛い思いをするのは変わらないし、その人におれのぶんまでキンを傷つけさせることになる。

考えながら歩いているとすぐに家についてしまう。おばさんは玄関まで迎えに出ていて、桶を見てほっとしたように笑った。

「ごくろうさん、助かった」

そして台所にもどり、明るいところで桶の中を確かめて、上等なキンであることにびっくりしていた。

「えっ、これをあんたが取ったの？　モウマルの鱗粉みたいなキンだ。これはすごいすごい」

モウマルというのは女王とも呼ばれる大きな蛾で、その鱗粉のようなというのは粉状のキンを讃える最上級の言葉らしかった。あんまりおばさんが喜ぶので、それはたまたま居合わせた人に取ってもらったのだといえなかった。またこんなよい部位から取れると期待されたらどうしよう。つぎもおれはまたきっと、目の前のキンすらひとかけらだって削れないのに。

夜中に目が覚めた。

腹の底から喉もとまで、縄のような長い生きものがいてじりじりと身じろぎしているみたいだった。顔のまわりの髪や頬がべたべたする。濡れている。そういえば夢の中で大声をあげて泣いていた気がする。頬や顎にぎゅっと力んでいたような感覚が残っている。

天井を見あげながら、寝間着の前をひらいて胸と腹を出した。窓から漏れる夜光ガスの光がぼんやりと室内を照らしていて、青白く光る自分の皮膚を見おろしてキンのようだと思った。キンとちがうのは温かいところ。

心臓のうえに手のひらを伏せ、鼓動のふるえを触覚と視覚で確かめる。心臓はだれに顧みられなくても温かな血を全身に送りつづける、悲しいような、いじらしいようなまじめな臓器、おれは自分が心臓だったなら同じように孤独に動きつづけていられるか自信がない。人さし指の腹で首から腹のしたまで、つるつると滑ってみる。呼吸をゆっくりと三回したら下穿きまでたどりついた。

喉までもどって、こんどはゆっくり蛇行してみる。なにひとつひっかかるところもざらつきもなく指はしたまで降りた。肩から手の甲まで、腕の長い傾斜をなぞる。これもするすると優しい気持ちのままで降りきる。この体はだれも不快にしないだろう。それどころか、だれでも、触れれば楽しいだろう。

ここにはだれかがいるべきなのに。

だれかがこの寝台のうえに一緒にいて、おれの発している熱とか、この体に敵意のないこととか、触ってともに確認すべきなのに。それは子どものころ遊んだ近所の幼なじみたちでもいいし——でも彼らではちがうという気もした。こっちに来てから知りあった級友の何人かなら、いい気もした。でもまだ出会っていない、これからはじめて顔や声を知る人がいいかもしれない。いま自分の体に触りながら頭の中で人を選りごのみするようなことを思っている、この心の動きはなんなのだろう。おれはうぬぼれやなのかな。

学舎から帰ると、玄関の脇によその人がふたりいた。よその人とすぐに思ったのは、彼らの服装の雰囲気が変わっていたから。ここらの人たちみたいに重ね着してまるまるとふくれていなくて、まるで平衣のうえに上着だけというような身軽さ。それでいて寒そうには見えないのだから。

彼らのうちひとりはおじさん——大人の齢ってのはわかりにくい、同級生の父親たちと同じくらいに見えるけど——もうひとりは若くて、学舎の見習い教師くらいだ。

「こんにちは」

壁の前にかがんでなにかしている彼らに声をかける。おばさんはこの人たちがいることを知っているんだろうか。

「お帰りなさい」若いほうがおれをふりむいて笑った。「僕らはこちらの奥さんに頼まれて、この場をしばらくお借りして仕事を」

「おばさんに頼まれて?」

「ええ」

仕事というわりに、彼らは道具も使っていないようだった。見ててもいい?と訊くと、かまいませんよとまた若いほうがいった。年上の人からていねいな言葉で話されるのが慣れなくて、奇妙な感じがした。おれは勉強道具を地面に置いて座る。若いほうが「こちらはシガ、僕はナガノといいます」と名乗った。おれはリョクと名乗った。

「なにをしてるの」

「僕らの仕事は家読みといいます」と、ナガノ。シガといわれたほうは地面に敷いた厚い敷物のうえに膝をついて、壁のほうを見たまま。

「イエヨミ?」

「家の声を聞いています。具合のわるいところはないかって」

「家の医者みたいな？」

ナガノが語るところによると、このシガという人は家と会話できる能力がある。古い家ならみんな手入れの必要な部分を抱えているし、そこに住む家族同士の不和や住人が気づいていない事件を経験して心を傷めている家もおおく、家からのそうした訴えをあるじに伝えることを生業にして、このふたりは気の向くままに歩いて旅暮らしをしているそうだ。聞いたこともない仕事、考えたこともない生きかたについての言葉が宙で輝く。おれは啓示のようなことをいうナガノの口もとを見ていた。

「家に心があるなんて。人にいいたいことがあるなんて。考えたこともなかった」

「僕もシガと会うまではそうでした」

「ナガノさんも家読みなの」

「いいえ、助手というのかな。彼が仕事しやすいように準備したり環境を整えている、つもりです。——シガ、僕でも助手っていえるでしょうか？」

ナガノはシガにおずおずと訊いた。それまで朗らかだった表情がすこし自信なさそうになる。この人はシガの仕事のことだととても誇らしげに話すのに、自分のことになると弱気になるようだ。シガは僕らをふり向いてうなずき、「とても優秀な」といった。ナガノはほっとしたように、「及第点みたいです！」と笑った。おれもつられて笑った。

大人になれば自分の選んだ相手と生きられるんだ。ふたりきりで旅をするなんておたがいをどんなにか大切に思っているのだろう。おれもそういう相手がほしい。そんなことって夢みたい。おれはふたりをうらやましく見つめている自分に気づいた。

ナガノがもっているぴかぴかとした鏡のような紙のような薄い機械は、その表面に曇天を忠実に映しながら、同時に見たことのない模様や文字を光の川のように浮かべている。ナガノはそれに指先をひたすようにしてなにごとか情報を得ているようだった。小魚と戯れるような指の動きや表情だった。そして家に耳を傾けているシガに、明日は何時にどこの家、そのあとはどこに何時、など新しい仕事が入ったことを伝えていた。

そうやって手首から先を光にまみれるままにして佇んでいるナガノは及第点どころか、手練れの魔法使いのように仕事ができるのではないかしら。

「こんな機械見たことない」

「君の家にもあるはず。形はちがうだろうけど、同じような働きをするのが」

「台所にある通信機のことかな……両手で抱えるような重い大きい箱だよ」

「それだね」

「あなたたち未来から来たみたいだ」

彼らがいやに軽装なのも、服の布地の機能がおれたちのものよりずっと優れたものなんだろう。おれはナガノの着ている、体の形にゆったりと沿った上着のすそに触れ、指の腹でこすってみた。華の季節に女の人が着る薄物と変わらないやわらかさ。こんなきゃしゃなものが冥の寒気を防いでいるとはとても信じられない。ナガノの袖をめくると、手首にうっすらと日焼けせずに白く残っている跡があった。腕輪でもつけていたみたいに。

「僕らのものがめずらしい？」

ナガノは穏やかに笑って、おれに服や持ちものを触られるままでいた。あとから思えば、あれこれ質問して構いたがるおれをナガノはあやしてくれていたと思う。シガを煩わせないように客の家族の相手をするのも彼の役目かもしれなかった。

　ナガノに懐きたいような気持ちで触れていても、このふたりにとっておれは客の家族にすぎないということが伝わってくるだけ。このふたりのあいだにはだれも入りこむことはできないとわかるだけ。

「リョク、ここに来たばかりだね君は」シガがはじめて自分から口をひらいた。

「えっ！　そうです」

「君を心配しているよ」

「心配」

「絵を描いている？　自分の体に？　夜中に泣きながら起きて……」

　恥ずかしさで声をあげそう、いきなり裸にされてしまったみたいで。絵の具をたっぷりとふくんだ筆のなめらかさ、絵の具が切れて毛羽立った筆のざらつきが体じゅうによみがえる。

「遠いところからひとりで来た君を、なぐさめてあげられなくて申し訳ないといってるよ。自分の天井が高すぎるのや、壁の色が青っぽいのもさみしくなる一因だろうと気にしている」

と、すべてが見えているかのようにシガは目をとじて。

「そんなことない、天井が高いのなんて平気だし壁の色も気に入ってる。――体に絵を描くのはほんとうだけど……べつに変わったことじゃない。故郷じゃふつうのこと。って、家に伝えて」

「聞いてるよ」と、シガはうなずく。そしてさりげなくおれに「君は養子かい」とたずねた。

「里子」

「親は」

「首都にいる。いまはおれを養えないって。だから仕事がうまくいくまでここに……」

「もともとはどこ」

おれは生まれ育った暑い国の名をいった。

「それはそれは、遠くから」

「北には仕事がたくさんあると聞いたと、親はいってた」

「話が違ったわけか」

「みたい」

「じゃあここの冥の季節ははじめてだね。これは僕よりもリョクに」

ナガノは上着の襟から、首にかけていた小さな袋のようなものを引き抜く。

「あげる。まえの街でもらったものなんだけど、冷えや凍傷をふせぐお守りだって。華の神さまをまつる神殿で作ったものらしい」

ナガノはおれの手にお守りを握らせた。

「ありがとう」

玄関で物音がした。おばさんだ。おれはさっとシガに近づいて耳打ちする。

「いわないで絵のこと。心配されたくない」

シガはうなずいた。現れたおばさんと入れ替わるようにおれは家に駆けこんだ。

部屋のとびらに手をかけて、シガの言葉を思い出す。この家はおれの一挙一動を見つめているということを。

「……ただいま」

天井に目があるような気がして、上目づかいで見あげてあいさつをしてみる。返事はないけど視線を感じるような。

「人がわるいよぜんぶ見てるなんて。そしてそれをあんな、はじめて来た知らない人に話すなんて……」

家に向かって軽く文句をいう。ナガノにもらった華の神殿の守り袋を机に置く。赤く、光沢があり、細かく波打つような織りの布地はちらちらと光を反射して小さな炎のよう。たしかにこれを胸にさげればいつも凍えながらゆく長い通学路も温かく歩けそう。

おれの部屋は玄関のすぐ脇なので、家読みたちとおばさんの会話が聞こえてくる。華の季節に室の床が濡れてしまうことの原因と対処法。錆びついてきた汽缶の土台のこと。おじさんが生前取っておいた野菜の種のありかなどを彼らは話す。おれが夜中にさみしそうにしているなどといったりしないか、おれのことを話題にしないかと会話に耳を澄ませる。シガとナガノは約束通りなにもいわなかったし、おばさんも訊かなかった。おれのことを心配していないと思うとほっとして、そのあとさみしさがやってきた。どうしておれのことを話さないの。おれのことを話してよ。

（おれをほんとうに想い、心配している人なんていない）

（いま、この広いひろい世界で）

（だれもいない）

とくとくと心臓の音がやけに大きく速く聞こえだす。それはひと打ちごとに無駄だ、無駄だといっているよう。こんなにたくさんの人間がいるのにほんとうにおれを想う人がひとりもいないなんて。だれにも見られず分けあうこともない熱を、ただもたされているなんて。

その夜にキンが来た。おばさんが部屋のとびらをノックして「行ってくれるか、リョク」と申し訳なさそうに声をかけてきたときには、おれはナガノにもらったお守りを首にかけ、帽子をかぶり毛帯を立て、出かける準備をすませていた。

深夜といってもいい時間で、キンを取りに来ているのは大人ばかりだった。同級生がいないことに、助かった、とまず思った。皆あいさつもそこそこに、キンとともに早歩きしながら桶に収穫しつづける。おれはじゃまにならないようにキンのしっぽのあたりについてゆきながら、その大きな丸い体を見あげていた。

キンを取るつもりははじめからなかった。道具は家の外に置いてきた。

(キンよ、なぜ毎年人里に現れる。食われるばかりなのに。なぜ自分の体を人びとに与えつづける。おまえにどんな見返りがある？　丸くて大きくて、白くて冷たくて甘い香りのキンよ)

おれは胸の中で怪物に問いつづける。

家からかなり離れ、キン取りが許される範囲はとうに出た。おれは列から遠ざかり、キンのあとをついて歩いている。今夜は夜光ガスは出ていなくて、夜空はくっきりと黒く、星が盛大に天の塩袋からこぼれ出ていた。

家読みたちが帰ったあと、つぎにキンが来たらどこまでもついてゆこうという考えが浮かび、すぐにそれは決意となった。これまでキンの棲みかをつきとめようとしてあとを追った人びとと同じように、山で迷子になったり、気がふれてしまったりしてもいいと思った。だっておれがそうなったとして、だれもほんとうには悲しまないんだから。おれがおれだけのものならば、見たいものを見るために自分を使って——使い切ってしまうとしても、いいじゃないか。

星座たちは大股で動いて、おれは知らない土地を歩いていた。数は昼間の十分の一もいないが、見知らぬ人びとがぽつぽつとキンを取りに来て、帰ってゆく。だれもが自分の取りぶんしか見ておらず、おれに気づく人はいない。古い年から新しい年に変わるはざまの夜に、社に一晩じゅう明かりが灯され、人びとがまばらにやってきては目礼をかわし、それぞれの願いごとを祭壇に祈っては帰ってゆく。故郷のそんな光景に似ていた。

神さまはどうして人間たちの願いを聞いてやろうとするのかな。おれの国にはたくさんの神さまがいて、それぞれ神になった由来がある。人間の願いを叶えるために働くことは修行でもあるらしく、より位の高い神になるためにがつがつと修行する神さまもいれば、はやく神業を卒業して楽隠居を決めこみたいという神さまもいる。おれの国の神さまは、なんだか人間っぽい。キンもせっせと人びとに自分を与えることで、叶えたい夢があるのかもしれない。

毛帯からもれる息が視界を隠して前が見えない。首をふって息を左右に散らしながら歩く。そして夜はもっとも深いところにきて、わざわざ起きてくる人もいなくなった。

キンは人がいてもいなくてもまったく変わることなく、黙もくと冥の荒野をゆく。瞳をとじた賢者、という言葉が浮かんだ。キンは瞑想のために人里におりてくる異形の賢者で、そのあいだずっと目をとじている。人間たちは蝿のようなものので、うるさいけれどどうでもよく、キンの内なる静けさに影響を与えることはない。

いまやおれは無言ですすむキンと未明の土地にふたりきりだった。さいごのキン取りが去ってから、近づいて来る人影がないのを確認してキンに近づき、横にならんで歩いた。ずっと歩きっぱなしで喉が渇いていた。飲みものをもってくるべきだったと後悔していた。

正面から夜が明けてきて、平地をまっすぐ突きすすむようだったキンの進路がわずかに右にかたむきはじめた。顔をあげてその先を見やると灰色の山が。あの山なのか、街をめぐり終えたキンが帰るねぐらは。心臓がどきどきと存在感を増して、もどかしいような息苦しさに毛帯をぐっと引きさげた。冥の夜風の中にむき出しの口から真っ白な息を吐く。おれはキンとふたり。このまま山へ入る。

この世の行き止まりのような山が近づいてくるのは星の歩みのようにゆっくりで、飲まず食わず休まずで歩きつづけたおれは意識がもうろうとしていた。止まりたい、水が飲みたい、口になにか入れたい、とそのことがぐるぐると頭をめぐった。どうして今夜にかぎってポケットに堅麵麭《かたパン》のひとつ、干果《ひか》のひとかけらも入れてこなかったんだろう、学舎の行き帰りにはたいてい入れてあるくせに……と自分のまぬけさを呪った。

夜明けの光を体の片側より浴びつつ、木々の影になってよく見えない坂道を無心に登り始めていた。思考力は極端に落ちていて、足はとにかく目の前にあらわれる険しい道を乗り越えることだけ。心はキンから離れないということだけ。まだ手足が凍えずに動くのは、ナガノにもらったお守りが、これはほんとうに効いているのだと思った。とちゅうで木の枝に引っかけたのか、手袋が片方脱げてしまったのに指がぶじなのだから。

キンは山道も平地と変わらぬ速さで登りつづける。キンの通れる幅の道が山の中にあるわけがなく、その巨大な体は空洞であるかのように岩も大木も素通りしてしまうのだった。細かな剣のような灰色の木々の枝をのけたりかわしたりしながら、おれはやっと自分ひとりの体を斜めうえへと押し出してゆく。中にはとげのある――おそらく乾燥した冥の空気のためにいっそう鋭さを増した――蔓を這わせた木もあり、おれの衣服をちりちりと無数に傷つけている感触があった。蔓は毛帯と帽子のすきまにも鞭のように飛んできて、ときおりまぶたや頬を傷つける。目に入ってしまいそうで手でかばいながら歩く。

ふり向くこともなく斜面を登ってゆくキンだが、おれがついてきていることを知っているし、おれを無視してはいない気がした。だって、キンの甘い香りが導くように増しているもの、とおれは、もしかしたらもうキンが人に見せるという幻覚の中にいるのかもしれない。こんなに激しい息をしたことはなかった。下着の中は汗だくで、補給することもできないままおそろしいほどの水分が失われていて、なのにおれは笑っていた。いまはじめて、熱のある体をもって生まれたこのむなしさ、白じらしさから解放されている。

そのとき体全体に激震が走り、視野が真っ黒になった。地表が迫ってくる瞬きほどのあいだに、いま自分が額から衝突した、抱えきれないほどの太い幹と土から大きく飛び出した根が見えた。ああ、キンから離れてしまう、とさいごに思った。

乾きっていた口の中に冷たい蜜がひとすじ注がれた。全身の感覚がぎゅっと、最前線に駆けつけるように唇と舌に集中する。触れた瞬間に蜜に変わって口内に流れこむその塊がキンだと、頭のどこかではわかっていたのに飲むのをやめられなかった。一滴も逃さないようにすぼめていた舌を、いまや伸ばして口のまわりのキンを必死で舐めて。薄く目をあけた細い視野は発光するキンの光でほの明るく、その背後には奥行きの知れない闇がひろがっている。

顔のまわりのキンはどんどん溶けてなくなってゆく。横を向いて倒れていたおれは、顔の前の白い塊ににじり寄って抱きつきながらキンを舐めた。抱きつくといってもキンはどこまでもわたのような手ごたえのなさがつづくばかりで芯がなく、かき抱くとさらさらと粉になって崩れる。

(ごめんなさい、自分は食べないと思っていたけど、ごめんなさい)

おれは謝りながらキンを飲みこみつづけた。つかんだキンの粉を口に押しこみさえした。手袋を脱いで素手で。

「キン」思わずそう呼びかけたけど、これは人間がつけた名前で、キンは自身をどう呼んでいるかわからないと気づいた。

水分をじゅうぶんに得て、心が落ちつきを取りもどす。すると額に鋭い痛みが、噴き出すようにこみあげてきて思わずうめいた。手をやると固まりかけた血がついた。それを見て絵の具を、いま体に絵が描いてあることを思い出す。

「キン」ほんとうの名はわからないがそう呼ぶしかない。

「絵を描いてきたんだよ」

キンが止まっている、山のように。ずっと前進しているところしか見たことのなかった生きものが、さっきからおれのかたわらで止まっている。

「見せられるかもしれないと思って」

おれはあおむけになって分厚い外套を脱ぎ、上着を脱ぎ、平衣を脱ぎ、下着を脱いだ。寒さと疲れで手がゆっくりとしか動かせず、指は細いひもをほどくのに時間がかかった。体のうえには油を混ぜて汗に溶けない絵の具で描いた、色のうずがいくつも巻いていた。へそを中心に藍色でひとつ、左右の乳首を中心に黄色と紫の環をふたつ、わき腹に赤と黒でひとつふたつ。両腕には心臓から指先まで緑色で、力強く、筆を根もとまでおろしていちばん太い線を。おれの腕にはこんなに血が通っています、見てキン、この線を描くときはひと息でまったく迷いがなかったよ。

キンの視線だろうか？　体のうえにしっとりと霜のように降りてくる冷たさは。キンはゆっくり、ひと呼吸ごとに指の幅ぶんくらいの速度でおれのほうへ動きはじめた。明るい紫のうえに白で点描を打った足のつま先から腰までが冷気に包まれると、キンの視野の中に入ったと感じた。おれの肌のうえで触手のようにひと筋ずつ自由に動く冷気の流れ。何本もある。それが足首をにぎるように包み、ある流れはふくらはぎの側へまわり、ある流れはむこうずねをそのまま撫であげて膝がしらで跳ねた。遊んでいるかのような、好奇心を感じる動き。おれはたぶん、声はかすれてしまって出ていなかったけど、うれしいと叫んだつもり。

キンに遊ぶように撫でられて、おれの皮膚のしたは鉄琴がかき鳴らされるように騒然となる。キンに乗られたところはつぎつぎと内側で高い音が起こり、脚は二本の金の筒となり反響で満たされた。いちども照らされたことのない内臓や骨がのどかな春の日なたの小石や木切れのように輝く。髪の一本一本が植物に変わりそう。重力に逆らって天に向かって伸びてゆきそう。

家ほども大きさがあるのに、羽根でこしらえた寝具ほどの重さしかないキン。

じりじりと腰から腹へ、腹から胸へとキンの白いきらめきがせりあがってくるのを、目をとじて味わう。キン！　キン！　ほんとうの名はなんというの。おれはリョクという。背中も見てくれたらきっとわかる。

おれは肘を立て、しびれる体をゆっくりと横にして寝返りをうった。水しぶきがあがる。背中にはいちめんに黒を塗り、何本もの薄紅の線で背中を横切った。尻からうなじまでまっすぐに黄色で太い線を引いた。黄色の線はテャラエの樹。おれの国でももっとも暑いところに育つ樹。薄紅は氷。

テャラエの樹をしたからうえへ、キンの冷気が撫でてゆく。背中から胸にしとしとと弱い雨のように降る甘みは、うつぶせになったりあおむけになったりすると、砂時計のように背中と胸をいったりきたりするのかしら。おれはまたころりと転がって、あおむけになってため息をついた。

おれの体温で溶けたキンが周囲に流れて水たまりになっている。体が冷えてゆくことがうれしくてたまらない。このままキンが頭のてっぺんまで覆って、青白い体で飲みこんでくれたなら、おれはおれが溶かしたキンの水たまりの中で消えることができそう。

キンの歩みが胸のしたで止まる。

「どうしたの」と問いかけてすぐ、原因がわかり、おれは華の神殿のお守りを首からはずして放った。キンがいやがるほどに効き目があるのか。障害がなくなってキンはふたたび歩みだす、おれの胸のうえを、喉を、そして顔を包む。いまおれの胸に重なっているのはキンの胸だ。目をひらくと真夏の太陽ほどまぶしい白さの中にだれかがいる気配がした。これがキンの本体？

「すがたを見せて」

おれは呼びかける。

「見せて、見せて、お願い」

陽炎のように動く。もしかしたらそれはそれ以上はっきりと形をとることができないのかもしれない。

キンのほんとうのすがたが見たくてたまらない。おれはすべて見せてしまっているよ、なんにも隠していない。顔には、先祖から密会の紋様として伝わっている、だれにも見とがめられずに会いたい人のところへたどり着けるまじないを描いていた。両目のまぶたと唇のうえに白い色をおいていた。愛してほしいから。

密会の紋様も求愛のしるしもはじめて描いた。

「キン来て、応えて、なにかいって……」

キンを強く求めると、体に塗った絵の具が発熱する。背中にまっすぐ伸びたテヤラエの樹が水たまりの中でぶつぶつと焼けるように痛い。痛みの中によろこびとしかいえない感じがあって、ぱしゃぱしゃとしぶきを立てておれはのたうった。応えてキン、キンが応えてくれなかったら心臓から手の先まで描いた緑の血管が干あがってしまいそう、腰に描いた白い噴水も止まってしまいそう。

待ちわびていると、ゆらゆらとする陽炎の指がやっと頬に触れてきてくれる。まぶたと唇のうえの三つの白い色にいちどきに触れられると、全身がうれしさでいっぱいになって思わず息を止めた。息を止めているあいだは体に満ちたうれしさがいちばん強いまま保たれる。おれは生まれてはじめてさびしさを忘れていた。

目をひらくと陽炎の帯が、おれの体のうえにたなびくように横たわっていた。まぶしさの中でまぶたに力をこめてぐっと見ひらくと、陽炎の淡い人型の背後にはおびただしい数の——学舎の書物庫で読んだ雑誌の体験談にあったような——たしかに定規をあてててすいすいと等分に切り出したように、いちように細長い形をした、光り輝くものが飛び交っていた。海底から魚の群れを見あげているかのよう。キンの本体はその命のかけらとでも呼びたいものたちを背景に、ふわふわと揺れて、たぶん笑っている。

指のすきまをすり抜ける冷気の束を摑むと、手を握りあっているような心地。キンが人間だったなら。一緒に山をおりておれと暮らすか、ふたりで旅に出ようって、うんというまで頼みこむのに。いつまでそのすがたをしているの？

この冥が終わったら。徐華が来て暖かくなり、再生できなくなって解けて消えたなら、そのままおれと一緒に行こう。お願い、お願い、お願い、お願い。

水たまりに広がった髪の先までキンに包まれているのを感じながら、心の中で願いを唱えた。冷たくなりたい。キンを大きく育てる冷気になりたい。この空気の温度をさげるものに。さがった気温そのものになって、せっせとあなたを育てる。この冥が終わるまで。そしておれも一緒につぎの人生に行きたいよ。

そう願うと、頰や首筋を泡が消えるようなくすぐったさが駆け抜けた。おれは身をよじって笑った。キンの内側がひときわ明るくなった。

真冥が来るまえにおれはおばさんの家を出た。

その前夜に役所の家族保護局から、里子の委託を解消する手続きが終わったと連絡が来ていた。発育状態や教育のすすみ具合から、おれが強く望むのであれば、すこしはやいがおれを準成人と見なしてよいという許可がおり、この家からももとの家族からも自分の意思で自立できることになった。

「うちに来た子は、どうしてか皆自立してしまうのがはやいけど……。中でもあんたがいちばんいるのが短かったね」

おばさんはさびしそうにいう。

「どうしてこんなに急いで出て行く？　居心地がわるかったの？」

「いいえ。おばさんのスープはいつも美味しくて、部屋も素敵で――」おれは家が聞いていることを意識して、そこは声を張ってみる「寝具もやわらかくて温かくて大すきでした」と。

キンのねぐらから帰ってより、心はキンとすごした時間の記憶で占められて、おばさんとおしゃべりをしても、学舎で級友とふざけても、まえのようには楽しいと思えなくなった。山奥の、キンの棲む冷えびえとした洞にもういちど行って、熱を冷ましてもらったり、絵で満たした体を捧げたい。キンとおれで作った水たまりに絵の具を溶かして浸っていたい。

せっかくこの国でできた親切な家族や友だちとわかれ、おれが一体なにと結ばれたがっているか、さびしがり屋のおばさんにはとてもいえない。魔物のところへ行きたいだなんて頭がおかしくなったのか、世間になんていうつもり？　だいいち、暖かくなって魔物が消えたらどうなる？　またひとりにもどってしまうとわかっているのに——きっとそういっておばさんはおれを説得しようとする。でもおれにはキンのそばにいる未来は幸福だという予感でいっぱいで、そっちへ動かずにいられない。これから起こることの素晴らしさを、これまでのできごとで証明できる気がしない。

小さな優しい目をした、このおばさんを愛している。でもおばさんとおれのあいだに話しあえることは急速に消えてゆきつつある。おれはどうしていいかわからなくて、首をかしげて笑った。

「ちょっとのあいだだったけど、リョクは背も伸びて大人らしくなった」

おばさんは自分を納得させようとするみたいにいった。

「ひとつだけいえるのは、うちから自立してった子は皆、そのご幸せになってるってこと」

「そうだと思います」

それからおれはキンのねぐらのある山に向かい、残りの冥と徐華をキンと人間としてともにすごした。徐華の午後、真冥の肥え太りかたからは信じられないほど小さくなったキンの、さいごのひとかけらが、おれの手のひらのうえで溶けて蒸発するのを見届けた。

それと同時にひとつの光景が脳裏にひろがり、いま生まれたとおれは知った――キンだった魂がこの星のどこかで、人間の子どもとして生まれたと。出会うための手がかりはその名前。見たり聞いたりすればすぐにわかる。おれにとっては目にし耳にし口にするだけで苦しいほどのときめきを感じる名前、胸をしめつける呪文のような名前、何度でも呼びたくなる短く明るい名前で待っている、と。

シールの素晴らしいアイデア

職業局から帰ると、公舎の階段をおおぜいの人が駆けのぼり、駆けおりる靴音が建物の外にまで響いていた。地下にタビソムシが出て、倉庫の食糧を住人総出で二階に運びあげているところだという。手伝いましょうと申し出ると、死骸を片づけて消毒剤をまいてといわれた。

「これがタビソムシ……」と私。

いっしょに薬をまいていた隣室の住人は、「そう。あなたはじめて？　よく見といて」と笑っていう。

タビソムシは都会虫の一種で、数年にいちど湿度の高い低所にわいて、穀物を食いあらすのできらわれている。暖かい時期に活発になるもので、こんな真冬に出るというのは聞いたことがなかった。私がこれまでタビソムシを見ることがなかったのは、発生周期にあたる年は街の人びとがぬかりなく薬をまいたり巣穴を壊したり、捕獲器を設置して手を打っているからで、不意打ちを食らうとこんなことになるんだなあ。

「こっちの薬なくなっちゃった」

隣人は噴霧器をからから振った。私のはまだ重たいくらい残っているので、あとはやりますといって帰ってもらった。

タビソムシは赤い甲殻におおわれた細長い虫で、前肢の代わりにいたいけなハサミをふたつもっている。そして四対の肢と、平べったい尾。私は廊下に散らばる死骸を衛生局の廃棄物ぶくろにざんざんと入れては、噴霧器のレバーを引いた。

地下倉庫からそろいのふくろをさげた人びとがのぼってきて、すれちがいざまに私に会釈をして、外に捨てにゆく。

「仕事帰りに災難だね」

おなじ階の住人がやれやれという顔で話しかけてくる。

「冬にこんな虫がわくなんて。そのうち地震でも起こるかもって話してたんだよ」

「おかしな雨も降りましたしね」

と、私は答え、噴霧器の消毒剤の残量を管理票に記録し、備品室に片づけて部屋に帰る。

数日まえ、真冬だというのにぬるま湯のような雨が降った。どろどろとしつこい雷さえ伴って。仕事帰りの人びとは、浅い川と化した道路で雷に追いまわされていた。いま生きている人はだれも経験したことのない気象現象だとニュースではいっていた。

その数日ごにこの虫さわぎ。皆顔をあわせればなにかいわずにいられない。あごのしたまで襟の詰まった仕事服から部屋着に着替え、食事の用意をしながら、真冬の雷雨という奇妙なひとときのできごとを思い出す。

その若者は、私の勤める職業局の向かいの食堂の入口に立ちながら、いっしんになにか食べていた。手には小さな容器があって、あれはその食堂で売られている調理ブロックのひとつだったと思う。ふつう七、八個は組みあわせて自分ごのみの弁当をつくるのだが、その人の手の中にあるのはブロック一個だった。そんなもの数口で食べ終えてしまう。食堂の狭い軒では雨はしのげず、若者は全身をずぶぬれにしながら、小さなブロックひとつを立ち食いしていた。

まだ基礎学生じゃないか？　家は？　いられない事情でもあるのか？　つぎつぎに疑問は浮かんだ。あんなことしちゃ風邪をひく、声をかけねばと思いつつ、私の足は、頭とはうらはらに食堂の前を通過して職業局からバス停に向かう。

人間は水を吸うとふくらむのかと思うほど、その夜の乗客の行列は広がって見えた。おかしな天気に戸惑っている人びとを飲みこみながら、バスはライトを点滅させて「はやく乗れ」とせかす。うしろからもうもうと押されて、私も箱型の乗りものの中に収まった。

天井からさがるロープにほかのたくさんの手といっしょにつかまり、バスが曲がるたびにあちらへこちらへとかたむく重い油のような乗客たちの中で、私は食堂の前の若者にとっさに声をかけられなかった自分にがっかりしていた。私はこういうとき、だめなんだなあと。

――だってバスがもう、出ちゃうところだったんだからしかたない。

――べつに一本や二本遅らせたってかまわなかった。

――私じゃなくても、だれか親切な人が声をかけるさ。

――だれもそうしなかったから、あの子はあそこにいた。これからもだれもそうしないだろう。

いいわけをする自分と責める自分が対話している。車内にひしめく頭や背中で、窓の外も見えないけど、いつもの振動で橋を通過したとわかる。街から南の郊外へと抜ける橋だ。ロープをにぎりしめていた手の力がふっと抜け、そこから私は自分の停留所名が呼ばれるまで目をとじていた。

この寒空に、なににも守られずに外にいるしかない人はたくさんいる。そういう人たちを支援するための寄付は習慣てきにしているものの、個々の彼らにたいしては、つねの私はそれほど親切ということもない。紙にくるまって道ばたに眠る人への、話しかけかたもわからないくらいだ。なのに食堂の前の若者のことはそのごもたびたび思い出している。


翌日は公休日で、朝は近所の生活の音や通路で遊ぶ子どもたちの声を聞きつつ、寝台の中で、自分がまだ寝ているとも起きているとも意識していない平和な時間の中にいた。隣家の子どもが、寒いから犬の散歩に行きたくないといって親に叱られている。そんな声ではっきり目が覚めた。

腕の表示器を見ると検温はすんでいて、グラフはゆるやかな右肩あがりがつづいている。高体温期に入って一週間たった。週明けにはⅠ型になっているだろう。Ⅱ型からⅠ型の性機能が優勢になるときの数日間は心身が弛緩していて睡眠も深い。

あの若者のこともこれのせいか、と、まだほどけている頭で思った。

性の切り替わりどきは体も心も敏感になって、満員のバスで他人と触れあうと皮膚がざわめいたり、食事はいつもの味付けが濃すぎると感じる。人の言葉も気になり、暗示にかかりやすくなったりする。この街だけでも千人を超える不遇な人びとの中で、あの若者がまるで私の目にとまるために現れたように感じ、それに応えられなかった自分をみじめに思うのも、きっといまの私がそういう時期だからだ。

鼻のしたまで毛布でおおい、天井を見つめていると、部屋のどこかでかしかしと金属の表面をひっかくような音がしているのに気づく。上着を羽織って音のするほうへゆくと、台所のくず入れのした、缶詰と缶詰のあいだにタビソムシが一匹いた。

「おおーう、三階だぞ」

くず挟みでその硬く赤い体をつまみあげると、タビソムシはきちきちと体をそらせ、ハサミをふりあげて威嚇した。

「一人前に怒っている」

笑ってしまった。私は田舎生まれで、都会ではきらわれもののこの虫にいやな思い出がなく、皆がいうほど気持ちわるいとも思えなかった。

こいつをどうしようか。ひびが入ったのでそのうち処分しようと思っていた、透明な樹脂製の四角い麵麭《パン》ケースにとりあえず虫を入れ、ふたをした。

朝食と新聞を買いに行こうとドアを出たとき、となりではまだだれが散歩に出るかでもめていた。いちどはそのまま階段を降りようとしたものの、引き返して隣家の黄色いドアをたたいた。子どもがぱっと顔を出す。

「あっサバ」

子どもは私を見あげて、いつもの呼び捨てで呼んだ。

「おはよう」

と、私は子どもの頭をなで、昨夜いっしょに消毒剤を噴霧したその親にいう。

「いまから買いものに出るんで、ナンチルルをつれてゆきましょうか」

「散歩に行ってくれるの?」

と、子どもはぱっと顔を明るくして。しかしゲーム機の操作ボタンから両手を離す気はないようだ。

「ばか、ナンチルルはおまえが世話するって約束したから飼ったんだよ」

親は調子のいい子どもを叱りつける。その手には犬の無線リードがにぎられており、かたわらには炭色の冬毛をもさもさに繁らせた犬がいて、私を見あげて尾を振った。

無線リードと犬のおやつと水が入ったバッグを受けとると、子どもが清涼菓子のにおいをさせながら私に顔を近づけていう。

「外は寒いよ、平気?」

「平気」

私は犬をつれて公舎を出た。ナンチルルの散歩はまえにも引き受けたことがある。おとなしくて人なつこい犬で、隣家が旅行に行くときは世話をすることもあった。

冬の街は美しい。牙色の建物が白い空に向かってすんすんと伸びる中心部をめざして、私と犬は歩き、風にひゅうひゅう鳴る大きな橋にさしかかる。郊外と街の中をつなぐ長い鋼鉄の橋のうえを、私とナンチルルの背後から車がたえず追いこしてゆく。いつもはバスであっというまに通りすぎてしまう橋からの景色を、休日にはこうして立ちどまって眺めてみたりする。

川には、上流で捨てられた雪や氷のかたまりが流されてきており、野良犬やカラスがぽつんと乗った雪の小山が流れていくのはおもしろい光景だった。頭のよいカラスはどこからか飛んできて雪に乗り、飽きるとまた飛んでいくけど、犬はそんなつもりもなく流されてしまったようで、心細そうに鳴いていた。そのうちどこかにひっかかって排雪作業員に助けられるだろう。この川には街のあちこちから雪が集められ捨てられている。

流氷が中洲にあたって、右に流れるか、左に流れるか、心の中で賭けをしているとナンチルルが脚にまとわりついてきた。しゃがんでバッグをさぐる私の顔をけものははげしくなめた。なんという熱い舌だろう。

ナンチルルはさかんに吐き出す自分の白い息の中で跳びあがった。そのきつくカールした毛を撫でながら、しばらくこんなふうに笑っていなかったと気づく。ずっと気分が晴れなかった――私の勤める職業局でも、職員数を大幅に減らすようだというううわさを耳にしてから。

ニューススタンドで新聞を買い、私のすきなメーカーの品をおおく扱っている食料品店へゆき、薬局で鎮痛薬を買った。休日の朝のおきまりのコース。鎮痛薬はⅠ型の性機能優勢のときの子宮収縮痛のために買うもので、Ⅱ型のときは薬用ドロップや仕事中に嚙む錠菓を買うのに立ちよる。

さいごはお気に入りのスープ・クラブへ。きょうは犬をつないでおける外の席についた。砂糖をまぶした揚げ麵麭をかじり、本日のブレンド・黒スープを飲みながら新聞を読む。紙の新聞を読むのは年寄りくらいで、親切に文字が大きい。私は仕事で留守がちな両親の代わりに祖両親に育てられ、毎週新聞を買いに行くのについていっていた。いまも彼らをなつかしむ気持ちで買いつづけている。

新聞の一面は、季節はずれのタビソムシ発生について。街角のごみ集積所にも、私が死骸を集めて入れたものとおなじ廃棄物ぶくろが積まれていた。ニューススタンドや薬局の店主たちとも、けさは「出た？」があいさつだった。私は昨夜、帰宅するなり片づけに巻きこまれたことはいったが、三階の自室にも出たことはいわなかった。

「北の火山が活発になってるのと関係があるそうですよ」

と、黒スープのお代わりをもってきた、なじみの給仕はいった。私のひろげていた新聞を、長身をかがめてのぞきこんで。

「店にも出ましたか」

給仕は眉をしかめてうなずく。

「いやなもんですね、夏に見るのもいやなのに、いま出られちゃ心の準備ができてませんよ。地面のしたではなにが起こってるんでしょう。なんだかこのところざわざわするんです」

給仕はそういって、鼻どうしをくっつけていたナンチルルととなりのテーブルの白い犬を長い脚でよけて、店内にもどっていった。見渡せば、外の席は犬をつれた客ばかり。

いつもなら、黒スープを飲んだあとはまた橋を渡って帰るだけだが、椅子を立った私をナンチルルがあまりにも期待に燃える目で見あげるので、もうすこしいっしょに歩いてみたくなった。

車のすくない裏通りにまわる。運河につくられた屋外市民氷技場は、先日の雨で氷盤がゆるんでしまい使用禁止とのこと。残念だ。まえの公休日までは、にぎやかな音楽の流れる中を、色とりどりの氷技靴を履いて朝のひと滑りをする人たちでにぎわっていたのに。氷技場ではさいきん、ペットをソリに乗せて滑らすのがはやっている。私は自分が黒スープのカップを片手に、ナンチルルを乗せたソリを引いて滑走しているすがたを思い浮かべていた。

とつぜん、足もとで厚紙を破るような「ガウ」という音がし、ナンチルルが鳴いたと理解できるまで数秒かかる。私はこの犬の、こんなに勇ましい吠え声を聞いたことがなかった。ナンチルルはひゃらっと軽やかに運河と反対側に駆けだして、狭い路地裏に突っこんでいく。私はあわててバッグをまさぐり、無線リードをつかんだ。この無線リードとの距離が一定以上離れると、犬の耳に音が聞こえるようになっており、それで立ちどまるように訓練されているという。

ガウ、ガウ、と、私に居場所を知らせているらしい短くするどい鳴き声が二度して、声をたよりに駆けてゆくと、共同住宅の裏口にナンチルルが座っていた。ドアは階段のうえにあって、階段のしたには子どもの背がやっと立つくらいの低く狭い空間があった。そこに手足を縮めて横たわっている人間がいた。

大丈夫か、と、その肩をゆすって顔をうわ向かせたとき、私は息をのんだ。雷雨の夜の若者だった。

若者はナンチルルの吠え声で目を覚ましたが、細くひらいた目の、灰色の瞳の動きは鈍かった。

「起きられる?」

若者を起きあがらせようとしたとき、背後から「その行きだおれはこっちであずかる」と凛とした声がした。ふり向くと、積乱雲のように自在に太りあげた巨体にぴちぴちの上着をはおり、警察官の低位権限をもつことをあらわすベルトをつけた報告者が立っていた。

「ここの住人から通報があった、裏口に行きだおれがいると」

みょうに澄んできれいな、I型の声で報告者はいった。

「行きだおれじゃない、ちょっとはぐれていただけだ」

「あんたは？」

私は上着の内ポケットから身分証を出してひらいてみせる。

「私は職業局の書記室次官、ケンロウ・サバ」

しがない下級官吏の身分証だが、警察の臨時雇いはそれでもまぶしそうに見つめた。私の名前の横に刻まれた銀色のふたつの星を、黒くすすけた太い指でなぞっていう。

「あんた、若いのに塔の中の人なの」

塔の中というのは、市民からは羨望の響きをもっていわれているが、実情は役所でも政府相手や組織を維持するために働く内向きの部署というくらいのもの。エレベーターもない古い公舎に住んでいるほどで待遇もよくない。ただ、出世する人というのはやはり塔の中から出るので、市民の目にはそこばかりが強調されて映る。

「この人とはどういう関係？」

「きょうだいだ」

「証明するものは？」

「こいつは田舎から出てきたばかりで、市民登録はこれからなんだ」

われながらとても怪しいことをいっている。見逃してくれるだろうか。私は報告者の奥まった小さな目を見つめる。

「職業局のケンロウさん」

と、報告者はため息まじりにつぶやく。

「職介であんたの名前出せば、ましな仕事回してもらえる？」

「え？」

「わりにあわないや。この仕事も。危ないし、感謝されないし」

「善処しよう」

私はうそがへたで、本心でないことをいうときふしぜんに声が低くなる。威厳を保とうとしてしまうらしい。報告者は笑って、行けよというように手をひらひらとさせ、ぶらりと去っていった。

「立てるか」

若者は私につかまりながら立ちあがる。その体のしたからは人間の体温で暖をとっていたタビソムシが二匹這い出てきて、一匹は若者の上着のすそをはさんでゆらゆらとぶらさがった。私はそいつを払い落とした。

「ここにいちゃだめ?」

「また通報される」

「どこならいいんだよ」

と、若者はいらだった声で。

「職業局の地下に、翌朝の職業紹介所の順番待ちの人が休憩できる場所があるんだ。そこならいつでもあいているし、暖かいし、落ちついてすごせる。雨の中で食事するなんてこと、もうしなくていい」

若者の目が一瞬、小さく光る。

「じつは君を見かけたのは二度めなんだよ。あのひどい雨の夜に、食堂の前にいるのを見た」

「ああ……」

「そのとき、いまいったことを教えてあげたいと思いながら立ち去ってしまって。あれからどうなったろうと気にかかっていた」

「あんた職業局の人――」

「そう、書記室のケンロウという」

「聞こえたよ」

若者は私の肩を突くようにして離れ、「そのうち行くかも」といった。

ふらふらと歩きだした若者の背中を、私はナンチルルを従えて見送る。

いえたぞ、いうべきことはいえた。天は私に雷雨の夜のくやしさを晴らす機会をくれた。あの子のような境遇の人に私ができることはした。ここまでだ。

私はまだ動きたがっている体を押さえつけるように地面を踏みしめる。しかし足は進みだしてしまった。

「待って」

私は若者の前にまわりこむ。若者は私を見あげた。ついてきたナンチルルがうれしそうに吠える。

「なに」

「君は――あの、あれじゃない？　空腹なんじゃない？」

私はわれながら奇妙な手振りをしながらいった。若者は意味不明な手話を見るように私の動きを目で追って、「腹が減ってるかって？」としらけた表情でいった。

「そう」

「そりゃね。夜からずっとあそこに寝てた」

「なにか食べよう。ごちそうさせてほしい」

「なんであんたが?」

「なんでということもないけど——行きがかりじょう……」

目は濁ったままだったが、若者はおとなしくついてきた。どこでなら落ちついて食事ができる? 運河の氷技場の小屋ならあいているだろう。氷盤の入口にある、客が靴を履きかえるための長椅子が壁にそってならんだだけの小屋だ。ドアには鍵もかかっていない。

私は若者をつれてスープ・クラブにもどり、弁当と飲みものを買った。そして運河へ降り、使用禁止の札がさがったロープをまたいで小屋に入った。

弁当を渡すと、若者はふたをひらくのももどかしく無言で食べはじめる。私はその横で黒スープを飲みながら見守り、ころあいをみて切りだす。

「名前は?」

「シール」

「シール、君の家は？」

「マツリト」

へえ、マツリト。マツリト地区といえば家族者に人気の住宅街で、文化振興局が毎年発行する白書の、「住んでみたい地区」「あこがれの街」などという調査結果ではいつも上位になるエリアだ。

「私もすきだよ。おしゃれな街だ」

お愛想をいうと、シールは笑ってむせこんだ。しかし私の言葉には肯定も否定もせずに食べつづける。

ひとつをたちまち空にしたので、私のぶんの弁当もさしだすと、いいの？　といくらか落ちついた表情と声でシールはいった。受けとって食べはじめる。

「まだ基礎学生だね？」

「十一年生」

「十一年生。じゃあ今月卒業だ」

「できれば」と、シールは自分を笑った。横に引いた口のすきまに白い歯が見えた。

「マツリトでは家族といっしょに暮らしてるんだろ?」

シールはうなずく。

「家にいられない事情がある?」

「いないほうがいい」

「なぜ」

「なぜでも……」

家のことになると口が重い。着飾って夜遊びをする若者たち、群れを組んで暴れる若者たちともシールはちがうようだった。その外見はただただ力なく汚れている。

「職業局の地下は――」

シールがつぶやく。提案に関心をもってくれたかと、私は身を乗りだした。

「住める?」

「住むって?」

「ずっといられる?」

「あくまで翌日の職介にならぶための待機所だよ。何日も寝泊りする場所じゃない」

「名前出しても？　追いだされる？」

「名前って、私の名前を？　あの報告者も誤解してるけど、私の名前なんぞもちだしたからってなんにもありゃしない」

「…………」

この返事に失望したのか、シールはふたたび瞳を曇らせた。

「どうしても家にいたくない日は青年保護局に行ってみたらどうかな。相談にのってもらえるし、数日の短期滞在もできる。事情が認められれば、成人するまでそこでほかの子たちと共同生活をする選択肢もある」

「共同生活？」

「いろんな事情で家にいられない子っていうのがたくさんいる。そういう子たちの寮があるんだよ」

それらの寮もいまはどこも定員を超過しているし、職員は不足していて、よほど深刻なケースでなければ新たに引き受けないというのは常識だった。シールは

二、三日野宿をしたくらいの汚れと空腹はあっても、外傷はなさそうで、衰弱もしていない。こんな健康家出青年をいちいち引き受けていてはパンクしてしまうといわれるだろう。
しかし大人の義務として説明はしなければならず、私は乾いた声でいう。

「寮には教師もいて勉強も教えてくれる。寮を出たらすぐに職に就けるように、仕事を覚える作業所もある。もし君もすきなことや、興味のある仕事があれば――」

シールは私の話をさえぎるようにぶるぶると頭を横にふった。いななきが聞こえるかと思うほどだった。私はびくっとして話をやめる。

小屋の中はしんと静まる。ナンチルルはいつしか私とシールの足のあいだに首を伸ばして寝そべっていた。シールはふたつの弁当箱をかさねて小屋のすみのくず入れに捨てにいく。

私はその背中を見ながら、シールがいまの話をさえぎってくれたことに感謝しているような、みょうな気分になっていることに気づいた。

私も職業局に入って一年めは、塔の「中」ではなく、職介こと職業紹介所で一般の求職者を相手に仕事をしていた。来る日もくるひも職員たちの机の前には行列が、朝から晩までとぎれることなくつづいた。希望にあふれている求職者もいたが、大半は疲れきっていた。職介は職業局の建物の一階にあり、四階までは吹き抜けで、はるかな天井では清浄機がたえずしんしんと稼働していた。このつくりは、何度訪れても職を得られない人びとや、たびたびここに舞いもどってしまう人びとのため息を吸いあげ、空気をよどませないための仕様に思えた。

求職者たちと職員を隔てるものはたった一列の机なのに、そのこちら側と向こう側では、人間の顔つきがまったくちがう。私はどちらかといえば、向こう側の人びとに自分と近いものを感じていたし、いつ自分が向こう側に行くかわからない気がしていた。同僚にそううちあけても、「ケンロウさんが向こうに行くなんてありえないよ、そのときには私ら全員行ったあとだよ」と、取りあってもらえなかったけど。

私はマニュアルどおりに、求職者に「得意なことはありますか」と面談の序盤で問う。ひとりにかけられる時間はひどくかぎられている。ここでなにか答えられる人はその先の段階に進めるが、とくにそういうものはない、と肩をすくめてちぢこまる人びとの中に、私は自分の分身を見る思いがしてより親身になった。私も基礎学校時代、いや、それより幼いころから、将来なにになりたいか、すきなことはなにかと訊かれて思い浮かばず、答えられずにきた者だったから。たまたま試験向きの勉強が苦ではなく要領がよかったのだろう、公務者となり執務二年めで塔の中に入った。

「この齢だもの、ぜいたくいわないよ」「暮らしていけるならなんでもする」「ほめられたことなんか、がきのころからないね」などと、もうしわけなさそうに、あるいはひらき直ってみせる人びとと向かいあうと、私は全身が震えるほど「助けたい」という気持ちでいっぱいになる。私は彼らよりも自分をごまかすのがうまく、正直さと引きかえにいまのポジションにいるだけだ。正直ゆえにうまく世の中を渡れない彼らを愛おしく思う。なんとかすこしでもよい待遇の仕事、信頼できる雇用者のもとの、安全な仕事に就かせたいと思う。

しかし現実には、人間らしさを必要とせず、入ってすぐに一人前の働きを求められる、機械がやるべきことを人間にさせる、そんな求人情報しか映しださないコンピュータを前に、私のできることはないにもひとしかった。

耐えられなくてすぐに辞めることになるだろうし、つづいたとすればこの人からますます希望をうばい、あきらめの中で奴隷のようにさせてしまうだろう仕事を紹介するときのそらぞらしさ、その人のためにはならないかもしれないことを、立場じょう一律にいわざるをえない無力さを、私はシールに青年保護局の寮や作業所を勧めるときにも感じていた。

このあとは家に帰る、と、シールにしぶしぶ約束をさせて、私たちは運河のほとりで別れた。

職介時代のことを思い出したからだろうか。夜は久しぶりにそのときの夢をみた。

私の先輩が、職能開発を一年間担当し、手塩にかけて育てた求職者に紹介できるまともな仕事がないことを気にやみ、退職してしまったことがある。先輩は個人てきなつても頼ってまともな仕事を探そうと手をつくしたが、そのかいなく、私たちのあいだでは経営者の人格に問題ありとされている工場を紹介することになった。過去に何人もの求職者を送りこみつつ、つぎつぎに辞めてまったく定着しないところで、いつでも求人中だった。

いたたまれなくなって退職した先輩のことを、やわなやつだと評する声が多数で、この職場でまともな人間は先輩だけなのではないかと思いながら、私は先輩の仕事のあとしまつを引き受けた。

夢の中で、求職者たちに「がんばってきたあなたたちに紹介できるものがない、すまない」と謝っている先輩を遠くから眺めていたはずが、いつのまにか、泣きながら頭をさげているのは私になっていた。顔をあげると、私の正面の机にうつろな目をしたシールがいた。そこで目が覚めた。

その月の終わり、午後の勤務中に私への来客があると受付に呼び出された。きょうは休みをとる同僚がおおく、いそがしくなることがわかっている日で、人と会う予定など入れていないのに。

受付にゆくと、そこに立っていたのはシールだった。外套のしたから、ゆるやかにふくらんで足首ですぼまったデザインの、基礎学校の典礼服の裾が見えていた。その顔は所在なさげだったが、私に気がつくと目を見ひらき、恥ずかしそうに唇をかんだ。

「やあ、シール」

「ケンロウさん」

「覚えててくれたの？　サバでいいよ」

シールは上着のポケットから、小さな金色の彫像が台座にのった表彰柱を取りだし、私の胸にどんと押しつけてくる。そして、ぶっきらぼうに「卒業できた」といった。

「おめでとう」

表彰柱の台座には「マツリト区第九基礎学校、第二十回修了式ムラシキ・シール」と彫られていた。

「それを教えに来てくれたの？」

「一食ぶんの恩義があるからさ」

シールは笑った。

「三号を使う」

私は受付員にそう告げ、三号面談室にシールをつれていく。

「よくたずねてくれた」

私はシールをソファーに座らせ、黒スープに酪精《らくせい》のかけらを落としたものを出した。氷技場の小屋で弁当を食べたときいらいで、「このあとはおとなしく家に帰る」といったシールを運河で見送ってから、もう会うことはないだろうと思っていた。

「サバ、ほんとうにいたね」と、シールはソファーでひざを抱えていう。

「ここにってこと？　私が身分をいつわったと思った？」

「思わないけど」

シールの表情は、小屋で話したときとはうってかわって明るかった。卒業できたのがよほどうれしいんだろう。あ、といって鞄から記念品の包みを出す。

「食べよう」

基礎学校の修了式の記念品といえば、むかしから華菓子《はながし》。シールがていねいに包装をといた箱からは、うすべに色の加糖油膜がフリルのようにてっぺんを飾ったケーキが出てきた。

「いいの？　だいじな記念のお菓子なのに」

華菓子は、家まで大切にもち帰って家族と祝いながら食べるものだ。修了式の帰りに、歩きながら食べ散らかすお調子者も、学年ごとにかならず数人いたけど。

「サバと食べようと思った」

ナイフを渡すとシールはポケットから携帯式の着火器を出した。ナイフの刃を小さな火でさっとあぶり、薄い加糖油膜も割ることなくすらりすらりと切りわける。シールは大きなひと切れを私にくれる。

その表情がこのあいだよりも柔らかいのは、機嫌がいいからだけじゃなく、いまのシールはⅠ型だからかもしれない。髪の毛や肌はみずみずしくて、声もすこし高い気がした。いまの私はⅠ型からⅡ型へ移りつつあり、指や手の甲に骨や筋が目立ってきつつある。数日まえよりも、手にするフォークの柄がいくぶん細く感じられる。

Ⅰ型とⅡ型の性差は若いときほど大きいが、私の祖両親などでは混然一体となっていて、それぞれ、完成された人間といった威厳があった。あのくらいになればたぶん本人たちも、自分たちがいまどちらなのかを気にすることはなくなっているんだろう。

「進学はするの？」

私は華菓子を食べつつ問う。

「いちおう」

シールは口をもいもいと動かしながら。

「どこへ」

「第四伸展学校」

「決まってたんだね」

「行かないなら働けといわれた」

どう返事をしたものか迷っていると、シールは華菓子の残りをもういちど取りわけようとした。

「残りはおうちの人と食べなさい、楽しみに待ってるだろうから」

シールは私の言葉に反応するようにぴたりと手をとめたが、やがて、自分の皿にだけ華菓子のかけらをのせて食べはじめた。こんどはにこりともせずに。

これは——無言の抗議なんだろうか？　シールはひとつ食べ終え、私にくれようとしたぶんに手を伸ばす。

「待って、やっぱり私がもらう」

私はシールをさえぎり、さいごのひと切れを自分の皿にとり、食べた。シールはやっと笑って、「おいしいね？」といった。

「おいしい」

と、私は口の中を、くずれる菓子の甘みと黒スープの苦味がまざりあい、新しく心地よい味になるのに任せながら。

「むかしの華菓子は見た目ばかりで、味のほうはさっぱりだったというけど」

「サバのとき？」

「私のときはもうおいしかったよ、あのね、私はそんなにむかしじゃない」

シールは喉を鳴らして笑う。

「じゃあだれのとき？」

「両親のとき」

私は唇で溶けた加糖油膜を手布巾でぬぐった。

「ごちそうさま。あらためて、卒業おめでとう」

「サバと食べたかった」

「光栄だね」

「本心？」

「え？」

「本心？」

「ほ、本心だよ」

私がうろたえながらもそういうと、シールは満足そうにうなずいた。帰るシールを受付で見送る。華菓子をいっしょに食べたい相手が、知りあったばかりの私だなんて。あの子には友だちがいないのだろうか。

「サバサバ、おそいよ、用は終わった？」

書記室にもどる廊下のとちゅうで、しびれをきらして私を迎えにきた同僚のスマイと出くわす。

「ごめん、私もこんなにおそくなるとは」

「お客さんってあの子？」

スマイはエレベーターを待っているシールの背中を見やって。

「うん」

「はやく来て。三人休んでるでしょ、電話がさばけなくて」

そうか、きょう休んでいる職員たちには、子どもの基礎学校の修了式に出席する人もいたんだな。シールの親は出席したのだろうか。

「ああ、肩がこる。Ⅰ型は肩こりがひどくてやんなる。サバは？」

と、スマイは肩を押さえてつらそうに首を伸ばす。

「私は変わらない」

「私もう半年Ⅰ型だよ――残業つづきで、Ⅱ型になる力が出ないのかな」

現在の性からなかなか移れないのは病気とまではいえないにしても、つぎの周期を起こす力が弱っているということで、すくなくとも健康ではない。私はわりと規則正しく交互にくるが、職場にはスマイのようにずっとⅠ型だったり、ずっとⅡ型だったりしている人物がめずらしくない。

スマイは私をうらめしそうに見て、

「順調そうでうらやましい。秘訣を教えて」

「鈍感でいること」

「ちょっと、真剣に」

「よく眠ることじゃないかな」

このへんで勘弁してほしいと思いながら私はいう。

世間の人びとのように、自分がいまⅠ型かⅡ型か、Ⅰ型のときはどうだとか、体の状態を話題にする趣味は私にはなかった。むかしからそういう話が苦手で距離をおいてしまう。

「よく眠るかあ。したの子が、基礎学校にあがったってのに夜泣きするんだ。ゆうべもそれであんまり寝られなかった」

「へえ」

「親が不安でいると子どもにも伝わるね」

「きょうびよく眠れるなんて、やっぱり鈍感なんだろうな私は」

「大量退職のうわさを聞いても眠れる？」

「寝るまえにすこし飲めば」

「私も飲んでる。おたがいほどほどにしよう」

あれから殺すこともできずに飼っているタビソムシに、「ヴォイナナ・オウデオ」という上等な名前さえつけ、寝るまえに餌をやるのが、寝酒以上に心の安定に役立っているとはいわなかった。

シールはそれからもたびたび、私の職場に遊びにきた。

「学校は」と訊くと首をすくめたり、うす笑いを浮かべてかぶりを振ったり。さいしょのうちは仲展学校の制服を着ていたものの、もうそれすらやめて、昼間から私服で街をぶらついているシールだった。

「新学期から一か月もたってないのに」

「おもしろくない」

面談室のソファーに長ながと足を投げだして座り、シールは私が渡したクーペのジュースをストローでしゅうしゅうと飲む。

「毎日家に帰ってる？　食事はしてるの？」

「んん……」

シールは返事をせずにソファーの背もたれに頬をあずけ、そっぽを向いてしまう。

「君が自分をだいじにしないのがつらいんだよ」

「…………」

私にそれをいう資格があるか？　シールなりに自分の心を守ろうとした結果がこれなのかもしれないのに。

何度か会ううちに、話の断片から、シールはＩ親とその新しいパートナーと暮らしていることがわかった。シールはもともとＩ親とうまくいっておらず、新しいパートナーのこともすきではないらしい。

「見栄っぱり同士でくっついてお似あいともいえる。あの人ら、人から住所訊かれてマツリトですって答えるときの、一瞬の優越感のためにあそこに住んでいる」

「手厳しいね」

「口をひらけばだれがどうやって儲けたとか、そんなうわさばかり。一日じゅう金のことを考えてるのに、金からは慕われてないんだね。稼ぎなんて家賃を払えば消えちゃって、あとにいくらも残らない。マツリトにはうちみたいな人らのための店なんか一軒もない。きらびやかなウィンドウを指くわえて見てるだけ。ずれてるんだよ、自分らのためじゃないものをありがたがって」

憤慨してまくしたてたあと、シールはため息をついていう。

「まあね、自分でもわかってるよ、近ごろじゃあまり意味のないことにまで反発してるのは。あの人らが暑いといえば寒いといいたいし、おもしろいといえばつまらんといいたい。出ちゃうんだよもう、反射で憎まれ口が。おたがい顔をあわさないほうが平和、だから帰らない」

私はシールの向かいに座り、ひざに頬づえをついた。うまい言葉が出てこない。シールはジュースをはやばやと飲み干した。もしかしたらこんなものでも貴重な栄養源なのかもしれない。私は私のぶんのジュースも渡した。

「ナンチルルは元気？」

鼻をすすってシールはいう。

「元気じゃないかな」

「また会いたい。散歩したい」

「借りられるだろう、こんどの休みにでも。飼い主は犬の散歩がおっくうみたいだからよろこばれる」

「氷技場にも行きたい」

「行こう」

「あいつをソリに乗せてさ……」

と、その光景が目に浮かんでいるようにシールは笑った。シールは笑うと眉間に小さなしわができて鼻がすこしもちあがる。きょうのシールはⅡ型らしくて、横顔のあごのあたりなどすっきりとしていた。

「きょうはこのあとは?」

「どこに行こうかな」

また帰らないつもりか。私はため息をつく。

シールはふっと顔をあげ、

「サバ、仕事は何刻まで?」

「十四刻」

「タビソムシが見たい」

「え?」

「飼ってるんだろ? あんなの……」

といいながら、シールは笑いをこらえきれない。

「見たいならこんど、ナンチルルの散歩につれていく」

「家には入れてくれないんだね」

「誘拐だっていわれる」

「だれも探さない」

「そういう問題じゃない。公舎だし」

「ああ、サバは誘拐もできない」

シールは歌うようにいう。

「誘拐してくれる人をさがそう」

「おい！」

「冗談だよ——冗談……うん……でも、それが楽かも」

「よしなさいよ、おかしな大人についていくのは」

「おかしいのはサバでしょ？　さいしょに食事おごってくれるっていったとき、代わりに体貸せってことかと思った。食事くらいで？　ずいぶん安く見られたなって思ったけど、腹すいてたからついてったけど。でもほんとに弁当くれただけで——やっぱりおかしな大人だよ、サバは」

「なんてことを……君はそういう人についていったりするの？」

「人によりけり」

「もうほんとに、それはよしなさい。金をやるとかいわれてもついてくんじゃない」

「金ほしいな。きょうも血を売ってふらふら」

頼むからやめてくれ、といいそうになって飲みこんだ。シールに小遣いかせぎをやめろといって、私が与える、そんな関係になる度胸もない。私もいまⅡ型のせいだろうか、シールと話しているとその素行不良を正したいような、みょうな庇護欲のようなものがこみあげてきて落ちつかない。

しかし血を売りにいくほどだとは。そんなに困っているのか。

「学校さぼるなら働けっていわれて具入り麵麭の工場に行ったけど、三日ともたなかった。退屈すぎて、時間がぜんぜんたたなくて、ありゃ悪夢だね悪夢」

「…………」

「勉強も働くのもいやだ」

「…………」

いまいくらあっただろう、と私は仕事服のポケットに手をすべらせる。ほとんどソファーに寝そべるようになっていたシールは、察したようにぱっと起きあがり、「帰る」といった。

「え」

「またねサバ」

「どこに行く」

「アイデアはあるんだ」

それ以上のことは教えてくれず、シールはすらりと立って面談室を出ていった。

ドアの前でシールのうしろすがたを見送っていると、となりの部屋のドアが開いて、中から書記室員と来客たちがぞろぞろと出てきた。ひとり、同僚のルタが私の前で立ちどまる。

「ケンロウ次長……」

「へ」

われながら間の抜けた声を出してしまう。ルタは私の目をのぞきこむ。

「いまのは、いつも来ているご友人ですか」

「いつもってほどでも、友人ってほどでも」

「あの、申しあげにくいのですけど」

ルタは人びとがエレベーターのほうへ移動したのを確認し、そっという。

「次長が私用のために面談室を利用しているようだと、うわさになっています」

だって来ちゃうんだものしょうがないじゃないか、と、私は内心弱り声でいい返しつついう。

「気をつけるよ」

「あの子は親戚かなにか？」

私は首を横に振る。

「未成年でしょう。学校も行ってなさそうですが。どういうご関係ですか」

「まえに家出して腹をすかせてるところに出くわしたんだよ。いちど食事をおごったら、なつかれてしまったみたいだ」

「なつかれた……」

ルタは眉をひそめて。

「なにもないよ。やましいことはなにもないけど」

「もうちょっとしっかりなさってください。ここがどこかわきまえていただかないと」

「わかってる」

「どこかぐあいでも？　すこしぼんやりされているようです」

ありがたいことにそこに室長が通りかかって、私を尋問中のルタを手招いた。ルタは私といちど目を合わせてから去っていく。

シールと会ったあとの私は、心をぽんぽんと打ちあいながらしゃべってでもいたかのようにやたらと汗をかいていて、軽く虚脱している。机にもどってそれまで読んでいた書類に目を落としても、文字は這いまわり飛びまわりして頭に入らず、やたらとお茶をお代わりして仕事が進まないまま一日が終わったりする。

シールの言葉には毎度おどろかされ、あわてさせられ、助けになりたいと燃えるように願い、けれど私の手にはおえそうもないと自信をなくす。シールとすごすひとときと、あの面談室が塔の中だということを忘れている。

退勤ご、私はもしやシールがいないかと地下の待機所に立ち寄った。こういう背格好の若者が来なかったかと守衛に訊くと、きょうは見ていないという。

「ふだんは来ることもあるの？」

「夜おそくに来て、朝まで寝ていくことはたびたびありますよ」

私はあきらかにほっとした顔つきになったらしい。

「あの子がどうかしたんですか？　ケンロウさんのお知りあいだとは」

「ここに来てるんなら安心だ。これからも出入りさせてあげてほしい」

「いい子ですよね。このあいだは私にお菓子をくれたんで、休憩のときお茶をいれていっしょに飲みました」

「よかった。ありがとう」

立ち去るまえにいちど見渡した大部屋には、この街に到着したばかりの移民とおぼしき人びとが、あちらこちらにかたまっていた。大きな身振りでたあたあ、しゃあしゃあと語気鋭く話す人びとの中に、すこし居心地のわるそうなわが市民たちがいる。かの国の人びとからみれば、私たちはもそもそきいきいと話すせせこましい人間に映るんだそうだ。

バスに乗る気になれないまま、足は職業局の建物を離れだす。私はどうやら歩いて帰ることに決めたらしい。

ナンチルルがシールを見つけた共同住宅の裏口に引きよせられ、あたりをぶらつく。シールが横たわっていた場所には廃棄物ぶくろが積みあげられていた。

なにを確認しにきたんだろう。私はきびすをかえして運河へ抜け、氷技場を見にいった。雨でゆるんだ氷盤の整備はすんで、磨きあげられた氷は橋のうえの街路灯にうっとりと照らされていた。いまは営業が終わったところで、音楽も明かりも消えてはいるものの、さっきまでたくさんの人でにぎわっていた気配はただよっている。

青い氷盤のうえを係員がひとり、幅の長いブラシでごみを集めながら滑っている。集め終えたところで係員は、ふいふいと蛇行したり、クルンとスピンしたりと曲芸滑りをはじめた。みごとな回転に、私はつい引きこまれて拍手する。係員はふり向き、こちらを見あげて笑い、遊びながら片づけの残りをする。心から楽しそうに働く人を久しぶりに見て、私はよろこびでいっぱいになる。こんな仕事をうちの求職者たちに紹介したいと思うが、こうしたところは私的なつながりで決まってしまうもので、私たちのところに情報が回ってきたりはしない。

公休日の午前中、私は行きつけのスープ・クラブでスマイと待ちあわせをした。

スマイはふたりの子どもをつれてきていて、私はきょうもナンチルルをあずかっていた。スマイは子どもたちに小遣いを渡し、氷技場に行っておいでという。犬もつれていっていい？　ときょうだいは私にたずねた。

「いいよ。ソリに乗せてやって」

子どもたちはナンチルルと店を飛び出していった。

「だるそうだね」

赤い頬をしているスマイに私はいう。

「すこし」

「家で休んだほうがよくない？」

「あの子たちの相手するほうがたいへんだよ。ここにいるのが楽」

スマイは病院で性サイクル生成促進剤を注射した帰りで、接種ごしばらく微熱が出るものらしい。

「促進剤に頼りたくなかったけど、半年もI型でいると筋力の衰えがすごいんだもん。こわくなってきちゃって」

「サイクルがもどるといいね」

ほんと、とスマイはため息をついて、酪精をひとつ落とした黒スープをすする。

「Ⅱ型に移れたら、あの人も、私がいまどっちかなんて気にしてくれるようになるかな」

「え？」

スマイは肩をすくめて、「いや、もう私がⅠ型でもⅡ型でも関係ないんだ」

スマイはさいきん、パートナーに関心をもたれていないと感じているらしい。

「気にしてもらえるうちが花だよ、サバあ」

「まあ、Ⅱ型になったら変わるかもよ……わかんないけど」

恋人のいたことがなく、人がいまどちらかを気にしたこともされたこともない私が、そんなことをいうのも無責任な気がしたが。スマイがそういってほしそうなのでいってみた。

私たちはだまって店の前の通りを眺めていた。風にのって氷技場の音楽や歓声が聞こえてくる。

Ⅰ型のときはどうもおしゃべりになる、Ⅱ型のときなら胸にしまっておくだろうことをだれかに話したくなってしまう。話してなにかを解決したいわけじゃない。こんなことがあったんだよ、と、できごとや想いを共有したいだけなのだ。

「ねえスマイ」

「ん?」

「すこしまえに、家出をして腹をすかせていた子に食事をおごったことがあるんだ」

焦点のあわない目をしていたスマイは、意味がわかるとはっとしたように私を見た。

「え、それってサバが?」

「そうだけど」

「なんか、いがい」

「そう?」

「あなたって、人にあまり興味なさそうに見えるから」

「じつは私も自分の行動がふしぎだと思う」

私はスマイに、雷雨の夜にずぶぬれで買い食いをしていたシールを見かけたときのことから話した。

「不遇な人なんてそれまでもたくさん見てきたけど、声をかけたことはないし、あとあとまで気になるのもはじめてだった。どうしてその子だけ気になって、二度めに会えたときは天が助けるチャンスをくれたとまで思ったんだろう」

「でもサバ、私たち寄付はしてるじゃない」

職場には教会や慈善団体が寄付を求めてたびたびやってくる。書記室の人びとはそれにはよく応じているほうだった。

「直接手をさし伸べるのはまたちがうよ」

「それはそうだね。わかる」

スマイはいくらか頭もすっきりしてきたらしい。テーブルに身を乗りだして、頬づえをついていう。

「現にいま、病院からここに来るまでにも道で寝てる人を見たよ。でも私たちそのぜんぶの人に反応できないよね。体もひとつだし、施せるお金だってかぎりがある」

「うん」

「その子はサバにとって、信号だったんじゃないかな」

「信号？」

「この世にたくさんいる困難な境遇の人たちの中で、サバが強く『助けたい』って感じる相手として現れた……」

「感じる相手？」

私の反応が鈍いので、スマイは「えーと、えーと」と宙を見あげてべつのたとえを探す。

「どうしてあの人には反応しないのに、この人には反応しちゃうのか。それって恋愛とおなじじゃない？　理屈じゃないんだよ」

「ちょっと待って、恋愛？　そんなんじゃない」

「恋愛とおなじ仕組みだっていってるだけで、恋愛だっていってるんじゃないけど」

スマイは私のあわてかたがおかしいのか、笑っていう。

「サバ、恥ずかしがることないよ。私も職介にいたころこの感覚を自覚したけど。求職者ひとりひとりと接するのなんてほんの片時なのに、そんな短い時間にも相性みたいなもんの作用は感じてた。熱が入る相手と、そうでもない相手」

「相手によって仕事の熱意に差が出るなんて、あっちゃいけない」

「もちろんそうじゃない相手に手抜きしたりしないよ。いちおう公職者だもの、わけへだてなく一定のサービスはできなくちゃ。でもさ……」

「でも？」

「相手によって、これは仕事だ、仕事なんだからちゃんとやらなくちゃって思いながら対応したときと、仕事だっていうことを忘れて、この人のためになにかしたいって気持ちだけで動いてるときがあったよ」

「…………」

「それって、どうしようもないね。いけないことなのかな？」

「その差はできるだけないほうがいい」

「サバってほんと優等生」

「スマイのいうこともわかるけど、愛される人と愛されない人の差が出てくるのはよくないよ」

「素直でやる気もあってだれからも応援される求職者より、気難しくてはすに構えてる人に熱くなるんだ、私。サバもそうでしょ。齢いってるからとか、特技もないからとか、あきらめちゃって後ろ向きな人をふり向かせたくなるんでしょ」

わかってるんだからというように、スマイはにやりとしていう。

「私たちみたいにへんな趣味の奴もいるから大丈夫だよ。愛されない人なんていないって信じよう」

大胆な提案に、私は白目をむいてみせた。スマイは「やだ、その顔」と腹を押さえて笑う。

「ねえサバほんとに私もう、すきだって思える人のためだけに働きたい!」

「公職者がこんなことをおおっぴらにいうなんて」

「世も末? まさかこの会話盗聴されてないよね?」

物騒なことをいって、スマイはうふふと笑った。


その日は印象深い青空で、気温も朝から高かった。市街へ向かうバスの中ではうたた寝している乗客がとてもおおかった。

書記室のある階まではなにごともなかったが、エレベーターを降りると受付が無人だった。通路にもだれもいない。空気のなかに肌を刺すものを感じつつ書記室のドアをひらくと、中にいた人びとがいっせいに私を見た。

「おはようございます」と、私はちょっと気圧されつついった。

十人の書記室員のうち、私は七番めの出勤だった。まだ三人来ていない。部屋に入ってさいしょに目があったのはスマイで、その顔は蒼白だった。私を見つめていまにも泣きそうな表情になる。

ついにこの日が来たのか。私はいつもよりゆっくり動作しようと意識して、上着のしわをていねいにのばして上着かけにかけ、鞄を次長席の机の前においた。仕事の準備をする。

私のあとに入ってきた三人も、無人の受付からしてすでに感じるものがあったらしい。こわごわとドアをあけ、全員の視線を浴びて、小さく悲鳴をもらす者までいた。さいごのひとりは反射のように外へ飛び出しかけて、「いまは出ないように。十分で話は終わる」と書記室長に引きとめられた。

いまこの建物の五階以上では、すべての部署で、職員が首を切られる不安に震えながらとじこめられている。私は目をとじる。

全員がそろったところで書記室長が切りだしたのは、室員の半数が今月いっぱいで職を退かなければならないということだった。名前を呼ばれて、「理由は?! 私が辞めなきゃならない理由は?!」といきり立つ人、力なく机に伏す人。五人のおわりにスマイの名が呼ばれた。

え、と私は、自分の耳をうたがうと同時に、「それはない」と口にしていた。

全員が私をふり向く。

「スマイは子どもがいます。あとの四人はひとり身で——だから辞めさせていいとはいいませんが、どうしてスマイなんでしょう」

「理由は個別に本人に伝える。つぎの就職と住居についてもできるだけ希望にそうよう、話しあいの機会をもうける。いいたいことはそのときに」

と、書記室長は、いつもとは別人かと思うほどの険しい表情でいう。

「私がスマイの代わりに辞めます」

私はいった。

「なんだって？　君は次長だよ」

「たいしたことはしていません。辞めるのは私が妥当でしょう」

名前を呼ばれて涙ぐんでいたスマイは、はあっと口をあけて私を見ていた。五人のうちひとりでも自主てきな退職希望者となれば、重苦しい空気もいくらかはやわらぐと判断したのか——書記室長はそれ以上は私を引きとめず、疲れきった顔で、「君の申し出はあずからせてもらう、時間をくれ」といった。

そしてやっと室外へ出ることがゆるされ、通路は騒然となる。

いつもどおりに仕事に取りかかる私の席に、スマイが飛んでくる。

「サバ！　なんてことを」

その声は、聞きなれていたここ半年のスマイの声より低かった。ぶじにⅡ型に移れたらしい。

「あとの四人は代われないのがつらいよ」

「なんていったらいいのか……」

「私はいなくなるからいいけど、残る人たちの仕事量を思うと、スマイにはむしろ気の毒なことをしたのかも」

スマイは首を横に振った。

「すべてうまくいくと信じて」といい、私はスマイの肩をたたいた。

その日のうちに、私の名前も記された辞令が発表された。重おもしい顔つきで

「時間をくれ」なんていうから、数日は考えるのかと思ったら、けっこうあっさり決まったな。組織にとって私も、自分で思っていたほど重要な人間ではなかったらしい。

私を辞めさせる話がスムーズに進んだのは、このごろ上層部が退職対象者を選定している雰囲気を察知して、書記室でも私について注進していた者がいたらしい。近ごろケンロウ・サバ次長は、勤務中に未成年の友人を面談室につれこみ、場所もわきまえず大胆不敵に交遊していると。

その夜は新聞の号外が出て、職業局の玄関では、先に帰ったはずの同僚が記者たちに取り囲まれてもちゃもちゃと押し問答していた。私は引きかえして地下の待機所を通りぬけ、車を拾って帰った。

運転手に号外を見せてもらう。空前の高失業率につのる政府への不満、公務者を減らせというデモの写真も載っていた。二年まえ、公務者の削減を公約に掲げた新政権が誕生したものの、具体てきな計画はいっさい公表されずにきたが、「本日、その皮切りに職業局にて部署平均五割の退職者を決定、発表した」とある。記事は憎しみに満ちた文体だった。だれが情報を流すのだか退職者リストまであった。私は自分の名前を見つけ、職介時代にいっしょに働いた仲間たちの名前も見つけた。

すこしは市民の気分もよくなったのだろうか。私は車の中で、橋を越えて遠ざかりゆく街をいちどふり返った。

公舎につくと、各部屋は息をころすように静まりかえっていた。だれとも会わずに部屋に入ることができてほっとする。

寝台のわきにおかれるほど出世したタビソムシ、ヴォイナナ・オウデオに麺麭をちぎって与えながら、けさの書記室の異常な空気を思い出す。

「いやあ、こわかったねえ、いつもとおなじ場所だとは思えなかった」

このごろ私は、気がつけばタビソムシに話しかけている。

身代わりを名乗り出たのは、スマイが気の毒だというのもあったけど、恩返しをしたいという気持ちのほうが強かった。このあいだスープ・クラブで話して、ずいぶん気持ちを楽にしてもらっていたので。路上のたくさんの人の中でシールだけが私に迫って感じられたこと、それは理屈をこえて私の胸に——私の胸だけに届いた信号で、そのことに疑問を感じたり、シール以外の人に反応できなかった自分を恥じなくていいということ。

すきな人のためにだけ働きたいというスマイの本音は、聞いた直後はそんな勝手なことがゆるされるものかと拒否したい気持ちがあった。いい年をした大人が基礎学校の低学年のようなことをいうなんてと。

しかし、と、あれから眠るまえに考えていた。もしも私が私の心惹かれる人のためにだけ働いたとしても、困る人はいないのではないか。困る人がいると想像して、そのために自由に動けなくなっているだけではないか。人は想像だけで鉄の足かせを作ることができるんだなあ、と私は、ひとりきりの寝台で両足をこすりあわせて、そんなもののついていない素足を確認した。

「でもねえヴォイナナ、私にはわからないよ。あそこに残してやることがスマイにとってよかったのかどうか」

ヴォイナナ・オウデオは思慮深く、私の言葉に耳——いや、ハサミを傾ける。タビソムシの耳は、ハサミの根もとにある。

半身をもぎ取るように人を減らしたあの職場は、痛覚の鈍い巨人だ。これからを思うと明るい予想はしにくかった。またいつおなじことが起こるかわからないと、人びとは未来におびえる日々をつづけていくのだろう。

「うまそうに食うね」

食事中のヴォイナナ・オウデオに向かっていう。怒りもよろこびもすべて赤いハサミをふりあげて表現する、愛すべき単純なタビソムシよ。

辞令発令からの私は、一日に数時間、後任者に引きつぎをするだけという日々をすごしていた。

呼び出されて受付へゆくと、流行のかっこいい風よけ服の上下を着たシールがいた。

「ちょっとひさしぶり」といって、シールは笑う。

「日焼けしたかな」

私がそういって顔をのぞきこもうとすると、シールは「へへ」とはにかんで笑って、帽子のつばをぐっとさげる。顔がほとんど見えなくて、声からもⅠ型かⅡ型かわかりにくかったが、つばのしたからのぞく目はたくさんの楽しみをたずさえて来たことを隠しきれないようにきらきらとしていた。

「きょうは何号？　二と三があいてる」

カウンターに肘をついて、面談室の使用中表示を見やるシール。受付員もシールと顔なじみになって、場馴れしたその態度に苦笑している。

「すまないね、すっかりずうずうしくなって。君に失礼なことをいってない？」

「いいえ。楽しいお友だちが会いに来てくれていいですね」

受付員はしっとりと、あなたの味方ですというようにうなずいた。この人も私とおなじく月末付けで退職する。

「シール、私はもう部屋を使う資格がなくて」

「どうして」

「君はニュースなんて見ないんだろうね——私はここを辞めるんだ、この月末で。いまはその後片づけにきてる」

「ここを辞めるって？」

「そう」

キャー、とシールはかんだかく叫び、両手をこぶしにして振りあげる。

「よ、よろこんでるの？」

私はシールのはしゃぎように困惑しながらも、この声や表情の感じはI型なのかな？　と、その目をのぞきこむ。

「じゃあもう帰ろうサバ、行こう、見せたいものがある」

「アイデアといってたやつ？」

「そう。失敗がおおくて……完成するまではここに来ないと決めて」

「へえ」

「もう行ける？」

「ああ」

「すこし遠いよ」

シールは私を北西方面の郊外ゆきバスに乗せた。

昼すぎのバスはすいていて、私たちはならんで座る。仕事を辞めることになったいきさつをシールが知りたがるので、かいつまんで話す。

「誘拐もできないサバが、自分から公職を捨てた！」

「ふつうは誘拐のほうが難易度が高いよ」

「とにかくよかった」

シールは励ますように私の頭を撫でる。その手つきががしがしと荒っぽいので、きょうのシールはやっぱりⅡ型かしらと思う。

「あ、じゃあ公舎はどうなる？」

「出るよ。つぎの家を紹介されてる」

「ここに住みなさいって？」

「そう。おとなしくそこに住めば家賃の補助がある」

「補助だ？　しみったれめ」

「恵まれてるほうらしい」

それから私たちは、言葉もなくただ窓の外の景色を眺めた。

窓ぎわのシールの横顔を見る。シールがいまどちらなのかを推測しようとしているのは、いまの私がⅡ型のピークだからなんだろうか。私はひざのうえの鞄を抱えて自問する。

ともかくシールは、このようすじゃもう学校は完全に行っていないだろう、あまりにも生きいきしている。

市街の北西に広がる森林の入口の停留所で降りると、シールは案内するのももどかしそうに、私を森の奥へとつれてゆく。雪の深みに足をとられて転びながら、何度もふりむいて笑って、はやくはやくと手招きする。狐に雪洞の国の鏡祭りへつれてゆかれ、しゃばにもどれなくなる人のむかし話があるが、なんだかその出だしのようだと思いながらついてゆく。

森の中では、除雪されているのはとなり町に抜ける公道だけ。そのほかの小さな道は、一年のうち三分の二が冬であるこの国では、通れない期間のほうが長い。場所によっては背丈ほどもある雪を越え、私たちは奥へおくへと入ってゆく。シールの足あとらしい数回往復した痕跡がある。どのくらい歩いたのか、バスを降りたときよりも太陽が重たげにかたむいたころ、シールが叫んだ。

「ここだよ！」

森が切れて視界に湖が広がった。いちめん凍っていて、氷は青いインクを落としたような淡いブルーだった。

氷盤のうえに白い半球状の建造物があり、シールはそこめがけて走ってゆく。入口で立ちどまり、両手で空をめちゃくちゃにかきまぜる身振りで私を呼ぶ。

「サー！　バー！　サーバー！　アーウー！」

感情のリミットが振りきれたように叫んで、シールはばたりと建造物の前に倒れ、あたりをごろごろと狂おしそうに転がる。

私はそんなに激しく自分の名を呼ばれるのははじめてで、すこしこわいような気もしながら近づいてゆく。

横たわるシールは、両腕をこちらに向かってまっすぐに伸ばしてきた。私はその手をつかんで引きあげ、立たせてやる。

「これは？」

「家！」

「家？」

「雪で。のこぎりで、切り出して、積んで！」

はあはあと息を切らせてシールはいう。

雪の半球の家には、ひとりがぎりぎり通れるほどの幅の入口がある。背をかがめて入り、数歩先に一段高くなった床があり、壁にそって丸く切られたじゅうたんがきっちりと敷き詰めてあった。あとは小さなテーブルと、寄せ集めたようなふぞろいの食器と。

「ひとりでこれを？」

「だからこんなに時間がかかったんだよ」

「この家具なんかは……」

じゅうたんは、道具屋で荷運びの仕事を三日することで給金代わりにもらい受けたという。テーブルと食器は拾ったそうな。あれは明かりとりの小窓、あれは空気穴、とシールは室内の設備を説明した。

「たいしたもんだ……」

私は心から感心していった。

シールはごろりと寝そべっていう。

「きのうからここに泊ってる。快適だよ」

「だろうね」

「サバも住んでいいんだよ」

「ええ？」

「ふたりでも広いくらいだ」

「虫の世話があるからなあ」

と、私はシールの目から目をそらしていった。

「虫なんかつれてくればいい。——名前は？」

「ヴォイナナ・オウデオ」

シールは噴きだした。

「王の名前⁈　タビソムシに王の名前？」

「くじで決まったんだよ」

「くじ？」

寝酒をきめこみ、ほろ酔いでタビソムシに餌付けをしていた夜、名前を決めてやらなくちゃな、と私は考えた。俳優や歌手や作家や政治家や王族の名前を紙に書いてはしごくじを作り、タビソムシがハサミで指したところをたどってみたら、ヴォイナナ・オウデオ陛下の名前にたどりついたのだった。

「一世？　二世？」

「こわもてだから二世だろうな」

私がそういうと、シールはふたたび笑い転げた。そしてぱたりと両腕をひろげ、「笑いつかれた」と目をとじた。

こんなにのびのびと明るいシールを見るのははじめてだ。かりそめのおもちゃの家でも、その表情は楽園にいる人のよう。

「幸せだ」

シールは天井に向っていう。やわらかな張りのある声は、私たちをつつむ雪の壁に吸いこまれる。

「いたい場所にいられるのはなんて幸せなんだろう。こんなのはじめてだ。サバは、いたい場所にいたことってある?」

「――基礎学校まで祖両親の家にいたのは、楽しかった記憶だけど」

「サバもこうしてごらん」

シールは寝がえりを打ってうつぶせ、じゅうたんに片耳をつける。そしてうっとりとした表情でいう。

「水の音が聞こえるんだよ、とぽん……とぽん……て」

「氷が薄いってことかい」

「薄くはないよ」

おなじようにしろとシールが袖を引っぱるので、私もうつぶせて耳をじゅうたんに押しあてた。

「聞こえる?」

「………」

目をとじて、聴覚に集中してみる。

ころころころ……と軽い音がするのは、氷のしたを気泡が転がっていると想像する。それから、のうんのうん、と重たいものがゆっくりと通りすぎていく、音とも気配ともつかないものが響いてきた。この床のしたにはたしかに別世界がある。

「ここでひとりで夜をあかしたなんて度胸あるよ。私はここに長くいると不安になりそうだ」

「なにがこわいの?」

「臆病なんだよ」

「大丈夫、頑丈に作った」

「そうだね……」

「まだそんな顔して。なにがそんなにこわいんだろ」

私の日常は、よほど危機感のないものだったということだろう。シールにとってはマツリト区の家にいたときのほうが、ここよりずっと落ちつかなかったのかもしれない。

湖に自分をゆだねきっているシールは、大きく伸びてあくびをした。そして、「このしたに魚たちがいるんだ。ふしぎだな」などと、子どもっぽいことをいう。

「犬を飼いたいな。ナンチルルみたいな賢いやつ——いや、自分がばかなのに、犬に賢さを求めるのは都合がいい？　いやいや、自分がばかだからこそ、名犬に守ってもらわないと」

「君はばかじゃない。円形の床にぴったりとじゅうたんを敷ける人間が、ばかなはずがない」

シールはにこにことうなずき、私の手をとる。

「サバもここに住もう」

正面からはっきりといわれてしまった。シールの声や言葉は私の胸の中に味わったことのない感じを呼び起こし、すぐには返事が用意できない。

さっきは話をそらせたものの、二度は通用しなさそうで、どうしたらいいのか。

私は苦しまぎれに問う。

「君はこんやも家にもどらないつもり？」

「こんやも、じゃない。これからずっとだ。もう帰らない」

じれったそうにシールはじゅうたんをこぶしで打つ。

「どうしてサバはふたことめには家、家って。まえから思ってたけど——それってどこからいってるの？　家にもどれってのは、サバはどこからいってるんだ？」

「ど、どこって」

私はシールの剣幕にひるんだ。くだらない時間稼ぎの質問で怒らせてしまったらしい。

「大人っていう目線から？　職業局って目線から？　教師かなんかのつもり？　指導してやらなきゃって思ってるの？」

「そんなつもりは」

「じゃあどこだ？　ただのサバから出た言葉が聞きたい、サバの本心から出た言葉！　やっと幸せになれる場所を作ったのにどうして祝福してくれない？　ただのサバはわかってるはずだ、ここでどんなに幸せになれるか……」

顔を真っ赤にしていきどおるシールの言葉を、私はどきどきと、胸を押さえて聞いていた。

たぶんいまのシールはⅡ型からⅠ型への切り替わりどきなんだろう。Ⅰ型でもありⅡ型でもある、あるいはどちらともいえない移行期の数日間の人間というのは独特の磁力を放っていて――そう、いまのシールなどは、厚く服を着ていてもうっすら光って見える。

その純粋な怒りも加勢して目もくらむような輝きだ。まるでⅠⅡ同時体の神話の人物だ、と畏怖を感じながら、私はシールから目が離せずにいた。

「わるかった、もういわない。気をつける」

「サバといると笑いつかれるし怒りつかれる」

といい、ふっと目の光が遠のいたと思うとシールは倒れ、大きくのびをし、寝息をたてはじめた。私はシールに叱られた体だけど、ひどく貴重で美しいものを見てしまったように胸がしびれていた。

私は防寒着を脱いでシールの体に広げてかけ、雪の家の外に出た。日が傾きかけた湖を歩いて、氷が厚く、しっかりと岸からつながっているのを確かめる。

雪洞は岸に近くて、万一この氷が沈むことがあっても、はやく気がつけば逃げられるだろう。しかしよほどぐっすり寝入っているときなんかは、気づくのが遅れて、冷えきった湖水の中に……など最悪の事態を想像する。しかしシールならこういうのだろう、どこに住もうがなにが起ころうが死ぬときは死ぬし、助かるときは助かると。

これまでも、青年保護局ゆきを勧めたり、卒業式の華菓子を家の人と食べなさいといったり、私が大人としての立場からものをいうときシールが反抗てきになるのはわかっていた。なのに私はそれをいうのをやめられない。そのくせ、いっしょにここに住もうといわれると、動悸がしてまともな返事もできない。

私はさらに湖の円周にそって歩いた。青い野原のような宵闇の氷上を歩いてゆくと、雪洞の陰からシールが出てきた。胸には私がかけてやった防寒着を抱いている。

「サバ！」

不安そうにあたりを見まわしていた顔が、私を見つけると笑顔になる。

「帰っちゃったのかと思った」

「だまって帰ったりしないよ」

「入ろう。麺麹がある。明かりもつけよう」

といったシールの顔が凍りつく。そしてするどくいう。

「音がする」

足もとの青い氷が、ぎちぎちときしんでいた。ついで周囲の森からおんおんと、低い音が響きはじめていることに私たちは気づく。

「揺れてる?」と、私はつぶやく。

氷のきしみはしだいにはげしくなり、遠くでびしんと大きく亀裂の走る音もした。森の中から、たたき起こされたように鳥の群れが鳴きながら飛びだす。

「岸へ」

私たちは駆けだす。森へのがれ、太い木の根もとにうずくまって湖面を見守る。横揺れは長く大きく、枝はうわんうわんとなぶられてしなり、頭上から黒く細い葉が落ちてきた。私たちは腕をひろげて幹に抱きつき、手を握りあった。

目の前で厚い氷がもちあがり、裂けた氷のあいだからはうねる湖水が、無数の黒い目がまばたきをするようにちらちらと見えかくれする。

「水があふれる。もっと遠くへ」

私はシールを立たせて、森の奥へとふたたび駆けだす。ふりむくと、雪の家が水の中へと滑り落ちていくところが見えた。

森を抜けた私たちが見たのは、市の中心の方角に狂おしくあがる炎、夜空に広がる水玉もようのような見たこともない雲、街の中から逃げだしてくる人びと、それと行きちがいにサイレンをありったけ鳴らしながら走る消防車だった。

市街地はすぐに非常線が張られ、私たちが入ることができたときには地震から半月がたっていた。私とシールはそれまで、軍が用意したテント団地の片すみで、たくさんの避難民たちとともにすごした。

避難所というのはひと晩じゅうどこかでだれかが起きていて、真夜中でもこそこそと話す声はとぎれないものだが、私たちがテント団地にいるあいだ、いちどだけ、明けがたにすべてのテントの会話と音がやんだ一瞬があった。

となりに寝ていたシールが、ぱっと手を伸ばして私の指先をつかんでささやいた。

「宇宙に写真をとられた」

それはことわざというのか、迷信というのか。

あたりのざわめきがふいに無音になる瞬間、宇宙の印画紙に人びとの想いが焼きつけられるのだという。このとき胸の中にあった願いごとはかならず叶うので、人びとはいそいで願いを思い描く。そして、「宇宙に写真をとられた」と宣言することで、大いなるものとの約束をとりつける。

ざわざわという話し声や物音がもどってからも、シールは私の指をにぎって離さなかった。半分眠っていた私の頭の中では、幾百のテントが整然とならんだ団地をうえから見た光景が、幾何学もようのようにひろがっていた。


家や職場のある者に市街地に入る許可がおりたとき、私たちはまっさきに、マツリト区のシールの家族を探しにいった。シールのI親とそのパートナーは避難所にいて、三人がぶじをよろこびあうのを、私は離れたところから見ていた。

もどってきたシールは、「ぼろ家は壊れたけど、人は大丈夫だったらしい。あと、あの人たち子どもができたらしい」と報告してくれた。そして、「もうとうぶん会わない、元気にやってるから心配しないでっていったら、あ、そう、だって」と、乾いた声で笑った。

行政機関の集まった一角は、職員であっても立入禁止だった。職業局の塔はなめにかしいで、おなじ形の文化振興局と福祉保健局の建物のあいだに食いこみ、その前や後ろからいくすじもの煙がまっすぐのぼりつづけていた。

テント団地にいるときに、私の後任になることが決まっているルタから、安否をたずねる電話があった。書記室の人びとは全員のぶじがわかっているが、ほかの部署では行方不明者も出ているという。

ルタは川の外側に局舎を仮設する予定など、これからのことについて箇条書きを読みあげてきまじめに説明してくれていたが、話すうちに、その声は奇妙な熱を帯びはじめた。「次長はご存じですか」――と、なにかをおそれるように声をひそめて、「こんどの地震は、この世界を牛耳っている闇の権力者が起こしたものです」といった。

「え?」

「やはりご存じなかった」

「闇の、というのは」

ルタは海外の有名な大富豪たちの名をあげて、「やつらの狙いは、わが国の解体です。地震を起こして環境を破壊し、人びとから家族や仕事をうばい、泣く泣く手放した土地を買い占める。そこに本国から大量の移民を住まわせて、彼らに都合のいい政治がおこなわれるようにする。そうしてこの国を乗っとる計画なんです」といった
私はすぐには返事ができなかった。おどろいた。テント団地でもほとんどおなじことをいっている人たちがいたので。

「次長？　聞こえますか」

「聞こえてるよ。それよりもう次長は私じゃなくて君じゃないか。ケンロウさんでいいよ」

私がそういうと、ルタは「まあ」とか「ええ」とか、気まずそうな声をもらした。

避難生活がはじまって、あるときからルタのようなことをいう人たちが増えた。いったいなにを根拠に？　と、私なりに発信源をたどろうとするも、事実をつき

とめるより、尾ひれがついた情報が拡散されていくほうがはるかに速いのだった。うわさの真偽というものは、確かめることはできないのだ。端末で長時間調べものをしていると、シールが決まってじゃまをしてくるので、はやばやとあきらめたというのもある。

シールは手作りの雪洞で暮らそうとしていたくらいで、テント生活が楽しくてしょうがないようすだった。いつまでこんな暮らしがつづくの？　と不安そうな人びとの中にいて、いつまでだってつづけばいいじゃないかと、口にこそ出さないものの、そう思っているのは明らかだった。私はそんなシールを見ていて、これほどまでに情報の混乱した場所では、なにが正しいかよりも、どのように生きたいかのほうが重要だと考えるようになっていた。

寝そべっているシールと目があう。シールはいたずら者の笑みを浮かべて起きあがり、ルタと話している私の口にひょいと非常食のグリース・バーのかけらを入れた。グリースが溶けて甘酸っぱいクリームとなって口内に広がる。シールは私が口を押さえるのを見てヒャッヒャッと笑い、調子にのって、こんどは小さく割った黄身糖を入れようと手を伸ばしてきた。片手で端末を耳にあてたまま、片手でその手首をつかむと、シールは私の手を胸に抱えこんで向こうに転がろうとする。私は姿勢をくずしてたおれた。これは完全に、長電話への抗議だろう。

「やめなさいシール」と、ルタに聞こえないようにいいながら、私は口もとがゆるんでしまってどうしようもない。

「どうしました？」

と、ルタ。

「いや、ルタ、ひどく初歩てきな質問をしてすまないけど……そもそもどうして、わが国が外国の富豪に狙われるんだろうか」

「それはわが民族が優秀であり、創造性にあふれ、世界の真の指導者たる資質があることを、ねたんでいるからですよ。私たちの豊かさも嫉妬のまとです」

「ええと……」

ルタと私の異なりすぎる認識の中間点を探るために、頭の中のピント調節機能がじりじりと前後する。

「次長――いやケンロウさん、いや、やっぱり私の中ではあなたが次長で……」

「呼びかたはどうでもかまわないよ」

「次長、私たちはほんとうに、世界でも類のない特別な人種なんです。彼らは私たちを貧しさにつきおとし、不安と疑いで満たして仲間割れさせ、ひとりひとりが孤立していくように操作するつもりです」

じゃれつくシールに片腕を任せながら私は、たったいちどの地震を境に、ルタとのあいだに生じたとほうもない距離を感じていた。机をならべて働いていたころは、こんな考えをもった人物だったとは思いもよらなかった――いや、いまはだれもが見とおしの立たない未来への不安から、こうした考えにとびつきやすくなっているのかもしれない。私だってシールがいなければ、端末にかじりついて、闇の権力についてルタと必死に情報交換していたかもしれない。

「ちまたにはスパイが暗躍しています。こんな話を公共の電波を使ってするのも危険なんです。真実を知る者はねらわれます。気をつけてください次長、私も警戒をつづけます！」

というルタは、自分の言葉に自分で煽られているのか、さいごのほうは熱い涙声のようになっていた。私はルタに、信頼できる人とすごして、体に気をつけて、元気でいてくださいといって通話を切った。

「こら」

私はすかさず向きを変え、油断しているシールの鼻をぎゅっとつまむ。

「よくも電話のじゃましてくれたなあ」

「フゴーに狙われるってなんのこと?」

「なんでもないよ」

「いまのだれ?」

「書記室の同僚」

「もう辞めたのに、なにをそんなに話すことがあるんだか……」

と、シールは頭のしたに手を組んであお向けに寝そべり、「無職の人がすきだな」といった。

「え?」

「無職の人といると安心する」

「君に気に入られるには仕事をもっちゃいけないの?」

「サバ、気に入られようと思ってるの?」

「いや……」

「もう気に入ってるから安心しなよ」

と、シールは、配給の薄焼きピンパ煎を頬ばりながらいった。

郊外へつづく橋は封鎖され、人びとは仮設の船着き場からボートで往来していた。私とシールも渡しボートの行列にならんでいる。

船着き場からすこしくだったところに中洲があった。橋のうえから眺めて、ぶつかった流氷が右左どちらに流れるか、ひとりで賭けをしていたあの中洲だ。いまは氷や雪のかたまりだけでなく、地震で壊れたものたちも流されてきていた。

「右」と、まだ白くて新しそうな角柱を見てシールがいう。

「左」と、私はいってみた。

中洲の上流にとどまっていた小さな堆積物を押しながら、柱は右へ流れていった。

「ほら右だ！」

するどくささやいて、シールは私の指を握っていた手にぎゅっと力をこめる。

そのとき、カラスが乗った氷が流れてきて、「なにあいつ！」とシールは弾けたように笑う。

「むかしからあんなふうに遊んでるよ。このへんのカラスは」

「すまし顔で波乗りしている」

不安げに肩を寄せる人びとの中で、ためらいなく笑い、幸福そうにしているシールをまぶしく見つめながら、私の気持ちは「こんなときに笑っていてもいいんだろうか」と「幸せを感じてしまうのはしかたがない」のあいだを行ったり来たりしていた。テント団地でも、私たちはまわりから冷ややかな目で見られることがあった。不謹慎だと叱られることも。そうかと思えば、「あなたたちが楽しそうにしてくれているおかげで、ここの暮らしも救われる」と、見知らぬ人から思いがけず感謝されることもあった。なにをいわれてもシールの態度に変わりはなかった。

対岸からの客を乗せた渡し船が帰ってきて、乗船の順番がやってくる。船尾近くのすきまに私たちは立つ。

「シール、君はこわくなることはないの?」

え? と、気持ちよさそうに川の風に吹かれていたシールは、私のほうへ耳を向けた。

「皆、家はどうなるのか、仕事はどうなるのか心配してる。家族のゆくえがわからなくなってる人もいる」

「どこに行ってもその話をしてるね」

「聞こえてないわけじゃないのか」

まさか、と、かぶりを振ってシールは笑う。

「むかしからだれとも気があわない。人とおなじ気持ちになることができないんだ。ひねくれた子どもだってずっといわれてきた。クラスの奴らが深刻な顔してると茶化したくなるし、盛りあがってると冷めた顔してやりたくなる。教師にいわせれば共感能力が欠如してるんだって」

学校でのシールの問題児ぶりが目に浮かぶようで、私は笑ってしまう。

「おなじ気持ちになることを押しつけられると逃げ出したくなる。それで友だちがひとりもできないのさ」

「たしかに君はあまのじゃくだもんねえ」

「あまのじゃくってどうしているんだろう。その存在意義は？　物心ついたときからずっと、「そうじゃない、ちがう、そうじゃない」っていいつづけてる。どうして皆つらそうな顔してるんだ？　そうじゃないのに。この世界はそんな場所じゃないのに」

私の片手をとって、シールは踊るようにうっとりと、肩と水平の高さにさしあげた。近くにいた乗客が私たちをちらちらとふり返る。

いくらか甘えた感じの声でシールはたずねる。

「ねえサバ、あまのじゃくの存在意義は？」

「私にとってはおおいにあるよ。私みたいな人間をすきになってくれた」

私がそう答えると、シールは生きている流れ星のようにきらきらと笑う。

「楽しいねサバ、いままで生きていていまがいちばん楽しい」

「私も」

「幸せが抑えられないんだよ、皆泣いているのに」

「私もだよ」

「いつも人とずれていて、まわりから浮きあがってしまうのをとめられない」

「ひとりじゃないよシール、すくなくともいまは私もおなじ」

私たちの腕は重なりながら船外に伸び、冬の川の冷たい風に吹かれた。

川を渡ったあと、地面の亀裂を大きく迂回しながら、私たちは歩いた。古い公舎はほぼそのままのすがたで残っていた。玄関には大きな貼り紙があり、めだった損傷はないが安全は保証できず、引っ越し先のあてがある人には退去を勧めるという。しかしほとんどの住人はそのまま住みつづけているらしい。

私の部屋は背の高い家具がなかったのがよかった。壊れたものもなく、天井から落ちたほこりが床にたまっているくらいだ。

「ベッドだ！」

シールは寝台に飛びこんでたちまち眠ってしまう。すぐそばに、見たがっていたタビソムシの容器があったのにも気づかないで。

私は掃除をして、タビソムシに餌をやる。きらわれものだけあって生命力は旺盛で、一年くらい食べなくても生きられるそうだ。もっとよこせ、と樹脂の壁をハサミでたたいて催促しているように見える。

「サバ！　いるの？　帰ってきた？」

となりの子どもの声がして、ドアをノックされる。ひらくと親子いっしょに立っていた。

「ええっと、こんにちは？　こんばんはかな」

私も気がゆるんでぼうっとしてきたのか、なにをいっているのかわからない。

「こんばんはだよ」と、子どもがいう。

「すごかったですね……大丈夫でしたか？」と、親はやつれた顔で。

「おかげさまでぶじでした。私は街の北西のほうにいまして」

私はここにもどるまでのことをざっと話し、相手も地震からきょうまで、どうしのいでいたかを話してくれた。地震発生当夜は、市街地から郊外へ帰宅する人びとがえんえんと行列を作って歩いたそうだ。この公舎では、二日めから住人の疎開が奨励され、すでにいくつかの世帯が去っているとのこと。

「うちもあす出発することにしました」

「えっ」

「遊震《ゆうしん》も何度もあったし、もうこわくて」

「ありましたか。ずっと歩いていて気づかなかったのかな」

ありましたとも、と、かみしめるように隣人はうなずく。

「きのうもきょうもずっと荷造りで、もうくたくた。ケンロウさんはどうするの?」

「ええと……まだなにも」

「しばらくはここにいる?」

「先のことはなんにもわかりませんが、すくなくとも、数日か――数週間――数か月? いや、もうぜんぜんわからないや」

「そうだよね。なんにもわからないよね」

隣人は笑ってうなずいた。

「なんにもわからないところ、わるいんだけど――断ってくれてかまわないんだけど、お願いが……聞くだけ聞いてくれる?」

「なんでしょう」

「ナンチルルなんだけど」

と、隣人は足もとを見おろす。ドアをさらに押しひらくと、そこにはなんともおとなしく、巻き毛の犬が座って私たちを見あげていた。

「サバ、ナンチルルのおせわをして!」と、子どもがいう。

「え？」

「あんもう、話の順序ってもんがあるのに」

親は子どもの頭をちちんと小突く。

「疎開先が共同住宅で、そこは動物はだめだって。吠えないし噛まないし、ほんとにいい犬なんですって食いさがったんだけど、疎開させてもらえるだけ感謝しろって雰囲気で、もう、これ以上強くいうのは……行った先で気まずくなりそうで」

「なるほど」

「もらってやってくれませんか。お願いします」

「おねがいします」

親子は頭をさげた。

「責任重大だ……」

と、私は思わずもらす。親子は恐縮してさらに頭を低くする。

「あ、頭をあげて。ナンチルルがよい犬なのは私もよくわかってます」

「もらってくれる?!」

隣人のつかれきった瞳に光が宿る。そんな目をされては断れないじゃないか。私はうなずく。

親子はよろこんで、私の気が変わらないうちにと、部屋からつぎつぎ犬の飼育道具を運んできた。犬用のクッション、犬用の毛布、食器、おもちゃ、そして大量の犬用の餌ぶくろとおやつ。

ナンチルル本人だけは、彼らが出発するまで名残をおしみたいからと、自分たちの部屋につれ帰った。

翌朝は、ふたつの部屋のあいだで小さな別れがあった。いつもゲームに夢中で犬に関心をなくしていた子どもも、さすがに別れるときには涙を見せた。そしてナンチルルはうちの犬になった。

前夜からの隣室とのやりとりにも気づかないくらい、シールの眠りは深かった。もしかしたら、目を覚ましたときにナンチルルがいるというのは、雪の家を失くしたシールにとって最高の贈りものかもしれない。

数日ご、公舎は損傷ぐあいを精密に調べられ、住人たちは正式な退去勧告を受けた。雨もりが見つかったていどなのだが、建物じたいもう古いので、このまま取り壊すべしという判断がくだった。

私とシールは市街の北西の森に移ることにした。あの湖の氷は多少でこぼこになってしまっていたものの、分厚く再生していたので。

臨時運行がはじまったバスで、私の部屋からふたりでもてるだけのものを運びだし、ささやかな引っ越しをした。公舎の部屋は鍵をかけずに、残りの家財はそのままにして。このころ、市街での住まいを失った人たちが郊外に流れてきて、住人が疎開した空き家にそのまま入りこんで住みつくということがよく起こっていた。公舎の私の部屋もそんな人たちが見つけて入ってくれたらいい。取り壊しの決定が出たといっても、建設業者は川の内側の片づけで手いっぱいで、街はずれのどうでもいい建物の取り壊しに順番が回ってくるのは何年先かわからない。

バスで引っ越しする人はおおく、だれもが大きな荷物とともにいた。シールはナンチルルと、布にくるんだヴォイナナ・オウデオの容器を抱き、私は天井の荷棚に積んだものを押さえながら立っていた。湖に引っ越そうと提案したのは私のほうだった。もういちど雪の家を作って住もうといったときのうれしそうなシールの表情は、何度思い出しても私に新しい力をくれる。

私とシールは湖の氷の平らなところに雪の家を作った。材料となる雪や氷はそこらじゅうにいくらでもあり、ぎゅっとしまった雪をブロック状に切り出して積み重ねてゆく。とちゅうに換気用の穴をあけたり、開閉できる木枠の窓をつけたり、工夫をこらしながら。そしてじゅうたんも敷き詰めた。人間ふたり、そして犬とタビソムシ。四つの命がそろった空間は調和で満ちたりていた。

私とシールはいつもいっしょに行動した。私がバスで買いものに出ているあいだに、シールがたきぎを集めたり釣りをしたりすれば、効率のよい生活ができるのだろうけど。遊震はまだたびたび起こっていたし、私たちはふたりが離れないことのほうを選んだ。そんなことだから、一日の仕事量にはかぎりがあり、作業の進みはとてもゆっくりとしている。きょうしたことは、ふたりでナンチルルを散歩につれていっただけ、水をくんできて風呂をわかして入っただけ、という日もある。

氷上の雪の家の静けさ。私は毎日すこしずつ、水のうえに暮らすことに慣れてゆく。

はじめのうちは夜中など、森の中から聞いたことのない鳥の鳴き声はするし、湖面が揺れた気がするたびに飛び起きていた。となりでシールがまったく動じずに眠っているのを見ると、もう私はこの人についていくしかないという気持ちにさえなった。

円いじゅうたんにシールと向かいあって横たわると、この家は流されているという錯覚におちいることがある。それは暗く大きな流れで、あたりは星もない闇なのに、水のおもてにはどういうわけかたくさんの小さな輝きを湛えている。のぞきこむとその光は星を映しているのではなくて、中に沈むさまざまなものたちがきらめいているのだとわかる。役に立たないものたち、見はなされたものたち、夢やぶれたものたち。それらが輝きながら、おおいなるみなもとへ還っていく流れに、私とシールも流されているのだった。

職業紹介所にいた私が、机を一列へだてた向こう側の、そのかなたに存在を感じていた世界はここだったのだろうか。私は幼少期から自分を抑えることを学び、自分をしつけ、机のこちら側にとどまる技術を磨いてきたが、このがらくたたちの流れのなつかしさはどうだろう。ここの水は私の舌にはとても甘く、水温は私

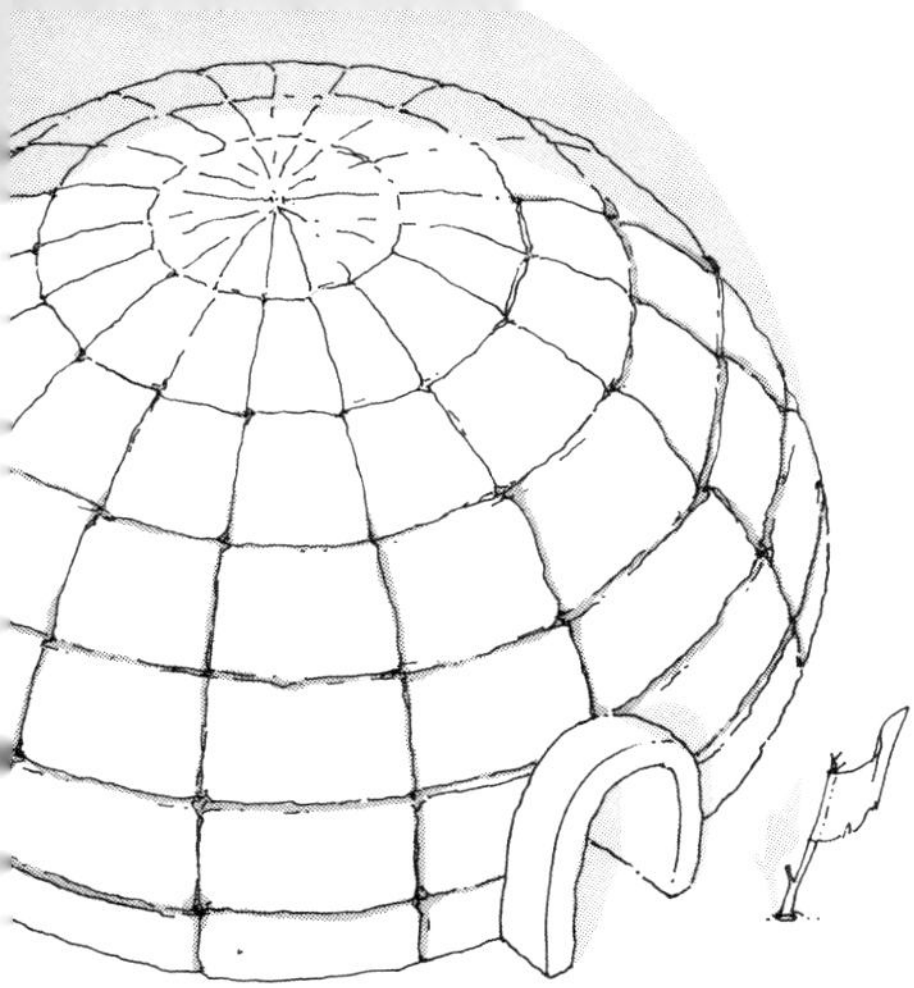

の体温とひとしく、腕をひたせば腕の輪郭がわからなくなるほど親しい。

ある夜、私たちは暖かな毛布にともにくるまっていた。枕もとに寝そべるナンチルルの長い胴をなでていたシールが、ふいに私に、「サバはいまどっち」とたずねた。

えっ、と私は体を固くして、腕の表示器を見る。地震のときいらいとなるⅡ型のサイクルが巡ってきつつあった。「もうすぐⅡ型になるけど……」と答えた声は、われながら消え入りそうな弱さだった。

「どうしてそんな、できればいいたくないみたいにいうんだろう」と、シールは私の手をとって笑う。

「そんなことないけど――シールは？」

他人にいまどちらかをたずねるのなんて、私には生まれてはじめてで、声が震えてしまう。

世間の恋人たちははじめて愛しあうときに、おたがいにそれをたずねるのがはじまりの合図なのだという。自分もそれをたずねられる日がくるとは――スマイのようなあけすけな性格の同僚や同級生に、あんたいまどっちだ？　なんて、休み時間の洗面室でぶしつけに訊かれるのはべつとして――思わなかったので、ひどくあわてた。

「もうじきI型」

シールはそういった。ふたりとも移行期間ということだ。

私は、I型のときのシールもII型のときのシールもおなじくらいすきだった――ふつう、口ではどちらもすきだといっても、じつはどちらかの状態がよりこのみだというものらしいけど。私はどちらのシールもほしくてならず、どちらの状態のときも愛したいし、私のことも愛してほしいと思った。

私たちは愛しあった。とてもぎこちなかったが、そのぶん、これほど私たちらしいものもあるまいと思えた。そのあとも私たちは、おたがいの体をなでたり見つめあったりして、いつからおたがいに愛を感じるようになったかなど、この世界でおたがいだけに宛てられた物語を贈りあった。

ふたりでいるとき、シールはあまのじゃくなどではなかった。家具の配置も、料理の味付けも、散歩のコースも、私の提案にはいつも「それがいい」「それでいこう」と鷹揚に応じ、いやだといわれたことがない。心をゆるした場所では、重力に逆らって羽ばたきつづける必要はないのだろう、いまのシールはただ風にのっている鳥だった。リラックスして、よく眠り、よく笑った。そしていつも暮らしを楽しくするよいことを思いついた。

氷のうえに住みはじめてから、職場の人たちのことを思い出すことがある。ルタはいま、信頼できる人とともにいるだろうか。心おだやかに暮らせているだろうか。

ルタがおそれていたもの――私たちを抑えつけ、人びとの力を奪おうとする存在がほんとうにいたとしたら、と私は想像する。身のまわりでなにが起こっても、私たちの胸には、かまわず幸せが起こりつづけることだろう。私たちの胸に起こるもの、それは彼らの手には入らないし、とめることもできない。

彼らもすきなようにすればいい。すべてのものが、望むように生きられればいい。

人間の愛には無関心なヴォイナナ・オウデオが、まえよりも広くなった巣箱の中でかさこそ歩きまわるのを、私とシールは眠りにおちるまで、よりそいながら眺めていた。

銀河ボタン

その街は通過するだけの予定だったのだが、めずらしくナガノが寄ってみようといった。彼は夜に、愛好するフローの情報をチェックするのが趣味で、そこでこの街にふしぎなうわさが流れていることを知った。

「大むかしの予言の期日が、まさにいまなんだ。この街の地中深くに封じられている龍が千年ぶりに地上に顔を出すといわれている」と、宿の朝食を食べながら、ナガノはフローにあふれる情報をひとことでまとめてくれた。

「そんなことをこの都会の人たちが信じているの」と、私。

「ことしのはじめに小さな地震がつづいた時期があって、陰謀による人工地震じゃないか、なんていう人たちが出てきて。そのときに、一部の人が知るだけだったこの話も拡散したみたい」

「君みたいな『うわさの検証』フローの愛読者がおおいってわけだね」

私が笑うと、ナガノは肩をすくめていう。

「だっておもしろいじゃない」

都会では建物のすきまの空地にもちゃんともち主がいて、かってに家を張ると叱られる。私たちは駅から離れた小さな宿に部屋をとっていた。ナガノの宣伝のおかげで仕事が入り、きょうは高層集合住宅に家の声を聞きにゆく。

ブルーシティーとあだ名されるこの街は、氷河をかたどった青くきらめく大きな駅を中心に、八方に主要な道路がのび、そのあいだを細かく横道がつなぐ蜘蛛の巣状のつくりになっている。建物の住所は「どの道路の」「駅から何番めの道」という表記になっていて、通りすがりの旅人にもわかりやすい。

街を歩いていると、はるか上空にきらきらと輝く糸が張りめぐらされていることに気づく。ナガノいわく、それは駅周辺の高層建築物どうしをつなぐ「銀河ロード」という空中通路で、なかなか信じがたいが、あの光る糸に見えるものの中を人びとが歩いているそうだ。この街にはむかしながらの地下街もありつつ、空中にも通路網が発達しているのだった。

私たちは部屋で防寒着に着替え、依頼人の家へと向かった。

宿の帳場を抜けるとき、ナガノが目のしたままでおおうマスクをつけた。昨夜駅にたどりついたときからつけている。これほどの都会だとナガノ型クローンやそのオーナーに会うことがあるかもしれず、落ちつかないからと。

「やっぱりそれをつける？」

と、私はとなりを歩く彼にたずねる。

「君は近ごろは髪もすこし伸ばして、自由な服装もこなれてきたというか、わりにおしゃれというか、私服ってもののないクローンたちとはだいぶん雰囲気もちがってきたと思うんだけど」

これまでもナガノは旅のとちゅうで、大きな街に立ち寄りたがるそぶりを見せることはあった。都会で作られていらい人びとの中で働いてきた彼には、にぎやかな街はなつかしく安らぎを感じるのかもしれない。しかしじっさい来てみると、逃亡クローンである自分が自由に歩いていることをだれかに見とがめられるのではないかと、つねに不安がつきまとう場所でもあるようだ。

「…………」ナガノは建物の硝子に映る自分を見た。「じつはきのう、駅でひとりとすれちがって。やっぱり自分とそっくりだと思った」

「ぜんぜん気づかなかった」

「向こうもきっと、こっちに気づいた」

「どうしてわかる？」

「いや、確信はないけど、たぶん向こうもわかっただろうなって。僕らってナガノ同士で共鳴するように作られているみたい。近づくとすこし動悸がする。個体ごとに感じかたの差はあって、敏感なのも鈍感なのもいるけど」

「君は時どき、夜にうなされることがあるね――それはもしかするとその、ナガノ同士の共鳴能力というやつのせいだったりするんだろうか」

「え？」

「どこかで同胞が苦しんでいたり強い恐怖なんかを感じたときに、その感情が君にも流れこんできて、同調してしまうことがあるんじゃないかな。なんて、考えが浮かんだんだけど」

「ああ……」

「そんな可能性は？」

「そうかもしれない。起きたら夢の内容を憶えてないことがおおくて、ばくぜんとこわかったとかいやだったとか、見たくないものを見てしまったとか、そんな後味だけがうっすら残ってる。むかしの仕事のいやな記憶がよみがえったのかなって、自分では思ってた」

私たちはそんなことを話しあいながら灰色の空のしたを歩き、黒スープスタンドを見つけて一杯ずつ買った。ひと口飲むと顔の内側がからっぽになって、熱く華やかな香りの空間になるようだった。私は黒スープは苦みの強いものがこのみだが、ここのは酸味が目覚ましくて果物のジュースを飲んだような後味がする。豆の炒りかたも浅いようだ。

「都会のスープは、さすが洗練されている。魔法みたいな飲みものだ」と、私。

「僕はシガのスープのほうがうまいと思う」

と、ナガノは黒スープに酪精《らくせい》と蜜を注いですっかり味を変えてしまう。

不穏なうわさがささやかれていると彼はいうけど、やっぱりそれは一部の人びとのあいだでということなんだろう。ブルーシティーの市民たちは皆、それぞれ重要で早急に果たすべき使命を抱えているかのように通りすぎてゆき、その表情には地中の龍だなんて空想が入りこむすきまはなさそう……。

しかし、依頼人の住む高層集合住宅で仕事を始めてみると、うわさは根も葉もないものではないらしいことがわかった。そこはとある男性俳優の家で、彼の年若い、まだ少女のような恋人がフローを眺めているときに私たちの情報を見つけ、おもしろがって仕事を依頼したのだった。

俳優は留守で、広い部屋には少女と猫がいた。

「マツがさいきん落ちつかないの。外に出たがらない子だったのに玄関で私を呼ぶの、ここをあけてってていうみたいに。ドアをあけたらとび出しちゃいそうだから、廊下にもうひとつマツの飛び出し防止ドアをつけたんだから。ねえマツ」

少女エヒメはソファーにもたれ、かたわらの長毛種の白猫をなでた。彼女はすべての指が青く光っていて、猫は薄紅色の目をしていた。

「寝てると思ったら、跳ね起きて全身の毛を逆立てたり、うなりながら走りまわったり。いままでしなかったことをするようになって」

「なにかあるんじゃないかと思って、私たちを呼んだということだね」と、私。

「家読みなんて職業はじめて聞いたし。どんな人なのかと思って見てみたかったのもある」

家との会話はどの部屋でも可能で、できるならひとりにしてほしい。そういうと、エヒメは私を猫専用の寝室へと通してくれた。花柄の壁にかこまれた部屋の真ん中には円いケーキのような寝台があって、それに眠るのは猫一匹だという。私は部屋のすみに座り、家と会話を始めた。ナガノには居間でエヒメの相手をしていてもらう。

家はぽつぽつと語りだす。

「そう。けっこうまえからね」

私は相づちをうつ。

家によると、この街の建物たちは数年まえから、地中エネルギーの変動、人間にはわからないほどの微細な地面の震えを感じつづけてきた。この一年のあいだに振動は強さを増し、たびたび計測器が反応して地震として認識されるほどになった。動物や敏感な人びとのあいだには不安感がひろまっている。

「土の中に龍がいるといわれているけど。」

地中をぐるぐるめぐりつづけている強大な意識体があることはたしかだ、と、家はいう。

「それはいやな感じがするもの？」

そう問うと、家はだまってしまった。思念がうっすらと私の周囲をうずまいている。家が考えている。

この家は人間の触覚に訴えて話すことがうまくて、地中エネルギーのゆらぎについて語るとき、それを聞く私の腕にははげしく鳥肌がたち、皮膚が細かく波打つ感覚が走った。建物というのは地面の揺れに自分がついていけなくなることをおそれている。彼らにとっては、いつ大きな揺れがくるかと緊張を強いられていた数年だったのだ。

地中の意識体はいやな感じがするものなのか、という問いにたいして、しばらく考えていた家は「いまは、いいともわるいともいえない、たんなるプレッシャーの高まり。どっちに転ぶかわからないからこわいのだ」というようなことをいった。

植物が星のアンテナだというのは、よく聞く話だ。樹木は宇宙から注ぎこむエネルギーや信号を受けとめて大地に流し、星のうえで生じた感情や想いといったものを宇宙に向かって放出する。植物のすくない都会では、高層建築物がその代わりを果たしている、ということも家は教えてくれた。樹木や草たちが地中深くでつながって星をおおうネットワークを築いているように、建築物たちもそれなりの情報網となっているのだと。

話を聞き終えて居間にもどると、エヒメはマスクをつまんでけらけらと笑って、マスクを取られたらしいナガノはかしこまったようすで彼女の向かいに座り、マツはじゅうたんのうえを落ちつきなく歩きまわっていた。

「おつかれさま。話はなんて？」エヒメは目を輝かせて私を見あげる。

「猫がそわそわするだけのことはあるみたいだね」

私は家が語ってくれたことを伝える。半信半疑というようにうす笑いを浮かべて聞いていたエヒメは、しだいにこわばった表情になってきた。

「やっぱりそうなんだ」エヒメはソファーに飛びのってきた猫をつかまえ、抱きしめて頬ずりをする。「あの人はなにも感じてないみたいだけど」

あの人というのは恋人の俳優のことだろう。彼は仕事で遠出することがおおく、帰ってきてもエヒメにかまうことはあまりなく、なにを想うのか広い部屋でぽんやりとすごし、また出かけてしまう。私が猫専用の寝台だと思ったケーキのような巨大クッションに、エヒメが猫を抱いて眠ることもしばしばあるのだと、家はそんなことも教えてくれた。彼女のさびしさが私の胸を冷たく満たし、私の中で、いまや彼女の印象はちがったものになっていた。

目が合うと、エヒメはじっとこちらの心をのぞきこむように見つめ、「家が話したのはそれだけ？」といった。彼女を見る私のまなざしにかすかな変化が生じたのを、察したのかもしれなかった。

報酬を受けとり、ナガノと私は高層集合住宅をあとにした。

マスクの中で、くぐもった声でナガノはつぶやく。

「どっちに転ぶかわからないエネルギーか」

「そう」

「フローでは災害のまえぶれだって皆いうけど」

「まあ、人というのは、慣れない状況では楽観するよりも暗い予測にかたむきがちではある」

「つぎはね」ナガノは手の中で小さな端末を操作する。「黄水晶通りの六番路。

公園の時計塔のまえの家だよ」

歩いて行ける距離だが、好奇心から地下移動体に乗ってみることにした。白い拡声器のような入口から階段を降りて地下道に入る。時計公園駅まで二区間。「製氷皿《アイストレー》」という愛称をもつ移動体は壁も天井も座席もなく、分厚い透明な床板一枚というものだった。乗客はホームから板のうえに渡り、手すりやつかまり棒をつかんで立つ。

出発のアナウンスが流れ、暗いチューブの中を、数十人を乗せたアイストレーはすべるように動きだした。人びとはだまっていて、空気の摩擦音だけがする。乗りものらしい揺れも震動もまるでなくて、直線の道ではトレーが動いているのではなく、周囲の景色がどんどん変わっていくように見えた。

トレーの外側を邸宅や惑星ツアーや化粧品の広告が流れてゆく。この速さなら看板の前なんて一瞬で通りすぎそうなものなのに、広告の中のモデルのドレスの柄や、邸宅の庭にいた犬の種類など、こちらの目に焼きつくほどゆっくりと移っていくのはどういう仕組みなのだろう。

「なつかしい。こういうのよく見た」ナガノが私の耳のそばでいう。

「君はこういうのがなつかしいのか」

「シガははじめて?」

私はうなずき、「この街で目にするものはいったいぜんたいどうなってるんだか、想像もつかないものだらけだ」

「この方式の広告は危険だよ、イメージが頭にしつこく残るんだ。僕がいた街では禁止していた。綺麗だけどあんまりじっと見ないで」

「え、そうなの。犬がほしくなったりしたら困るなあ」

アイストレーではおしゃべりする人などいない中、はしゃいでいる私たちはおのぼりさん丸出しだった。

広告が流れるとき以外は暗闇がつづく。すぐとなりの人の表情も見えない暗さで、ナガノは私がここにいることを確認するように服の裾をにぎってきた。

光の線が曲がり、体にかかる遠心力で移動体が大きくカーブしたことがわかる。高く低くうねる風の音を聴いていると、移動体の速度はじょじょに落ち、ひとつめの駅に停まる。雪で作ったような白いホームには整列した人びとがいて、降りた客と入れちがいにアイストレーに乗ってきた。トレーのふちに立っていたナガノと私は中のほうへ詰める。暗がりではわからなかったが、ホームに着くと、ナガノのマスクのうえの双眸がえらくキラキラしていて、私は噴き出してしまった。

移動体が走りだす。

「なにを笑った?」と、ナガノ。

「子どもみたいだと思ったのさ」と、私。

しかし、「そっちこそだよ、シガ」と返されてしまうのだった。

時計公園駅で降り、ふたたびらっぱのような末広がりの出口から地上にあがる。地下で温まった頰に冷たい風が吹きつける。

二軒めは小さな雑貨店をやっている夫婦の家だった。おもに子どもを相手にした店なのだが、このごろ小学校がとなりの区に移転してしまったのもあり、客足が落ちている。われわれはいまどういった星回りなのか? 商売替えするべきか? 運気を向上する秘訣を教えてほしい――と、彼らはいった。私の仕事を占い師かなにかの助言者、相談役とかんちがいしているふしがあった。

窓の外に見える公園には、たしかに子どものすがたはすくない。去年まではたくさんの児童が学校帰りに遊んでいく場所だったのにと夫婦は口をそろえた。

しかし、星回りといわれても。ナガノは「どうする?」というようにちらちらと目配せをしてくる。でもまあ、こうした誤解には、私は慣れているのだった。というか、はじめての依頼時に家読みという仕事を正確に想像できている人のほうがめずらしい。

私は家にたずね、いちおうの答えを用意する。

「水が漏れつづけているといっていますが、心あたりないですかね」

「えっ」妻のほうが、口を押さえていう。「あの、このごろ台所や風呂の水の出がわるいんですよ。栓をいっぱいにひらいてもちょろちょろっとしか出なくて、お茶をわかすのにも時間かかって。どこかから漏れてると思うんですけど、この家じたいがもう古くて……」

夫がいう。「その水漏れと、私たちの悩みごとは関係あるんでしょうか」

「お宅の水漏れと、子どもたちがこのあたりから消えてしまったことには、もちろん直接因果関係があるわけじゃないけど。水の漏れは活力の漏れのようなものといわれていて、あなたがたの営業努力にかかわらずお客が減ったり、報われない感じがしたり、なんとなくやる気が出ないなんてことがあったら、影響はあるのかもしれません」

ともにやせ型で心配性っぽい、似た者どうしに見える夫婦はよりそってうなずく。

「というのはね、おなじように水漏れのある家で、やはり家業が傾いているということがあったので」

「直します、すぐに修理します！」と、夫は前のめりに宣言した。

「それより気になるのは……敷地内に倉庫がありませんか？　そっちのほうが、いいたいことがあるようだけど」

夫婦は顔を見合わせ、妻が「どうしてわかるんですか」と、すこし気味わるそうにいった。

彼らによると——家の裏には古い倉庫がある。家は借家で、倉庫は大家のものなので中に入ったことはない。なにが入っているかたずねたこともない。

私とナガノは夫婦に見守られながら裏庭に出て、倉庫に近づく。いくらも歩かないうちから、強い不安の感情が矢のように飛んできた。

「わかったわかった。こわいんだろう」

私はなだめの言葉をかけながら近づく。

この倉庫もやはり、近年の地下エネルギーの高まりにおびえているのだった。地震がきたら自分のような老いぼれはひとたまりもないと。

「中にはなにを入れている？」

私はたずねる。

むかし大家がここに住んでいたときの家財——といっても、処分しそびれた家具やいままではだれも使い道のわからない道具など、価値のないものばかりで、それらを守っている意義もない二百年だったと倉庫はため息をつく。

「まあそうぼやきなさんな」

倉庫に肩があるものならば、肩を抱いてやりたい気分で私はいった。

「そんなに地中のなにかがこわいんだね。べつの家では、それはいいともわるいとも、どっちつかずのエネルギーだと聞いたけど」

それはまだ新しくて、揺れにも強い設計をしてもらったとか、自分に自信があるんだろう、と、倉庫はいった。自分に力がないと思いこんでいると、悲観てきな思いから抜けられないのは人間も建物もおなじことのようだ。

そして、この先もしものことがあって無残なすがたをさらすくらいなら、いまのうちに人の手できっちり終わらせてほしい、というのが、この倉庫のさいごの願いだった。

私は夫婦に倉庫の言葉を伝えた。中身にたいしたものはないがすこしの衝撃でも倒壊しかねない状態なので、被害が出ないうちに解体するべきだというと、大家にさっそく連絡をすると夫が請けあった。

それから、偽隕石通りの四番路、妃水晶通りの三番路で仕事をし、宿に帰ったときには夜になっていた。

「シガ、僕気づいたんだけど」

おそい食事をしていたテーブルでナガノがいう。私たちのあいだにあった香辛《こうしん》麵麭《パン》を盛ったかごをよけて、駅を中心とした地図を表示させた端末をおいて。

「きょうの現場は、ここと、ここと、ここと、ここ……そしてあしたは、ここと、ここ」

依頼人の家の場所を、ナガノは指ししめしていく。指をおいた箇所に光がともる。「これを見てなにか思わない?」

「円を描きながら、だんだん駅に近づいている」

「そう」

私たちは数秒、地図を見つめる。

高層集合住宅のエヒメの家を皮切りに、きょうとあすの依頼人の家を線でつなぐと、駅の周辺をまわりながら中心に向かっている。まるで、駅がゴールになっているすごろくみたいに。

時計公園前の商店のあとに行った二軒も、このところの地下の動き――エネルギーとも、意識体とも、龍とも、どう呼んだらいいかわからないもののうねりに、おびえていた。依頼人の家族の中には敏感すぎて不眠症になった人もいた。眠ると災害が起こって、逃げられなくなるという妄想にとりつかれてしまっているのだった。

ふたりで端末を見ていると、メッセージを受信したというサインが出る。

メッセージを読むナガノの喉がごくりと上下するのを私は見た。

「シガ、駅から依頼だ。駅の中の都政庁から」

「「あがり」だ」

「はあ」ナガノは端末を手にしたまま、気が抜けたようにいすの背板をきしませてもたれる。「ほんとに？　ほんとに僕ら駅に呼ばれてるのか？」

「君がこんな都会に立ち寄りたいといったことじたい、なにかあるんだろうと思ったよ」

「あしたもがんばろう」

ナガノは気をとりなおし、食べかけの、酢漬け野菜と醤板《しょうばん》を挟んだ香辛麵麭をつかんでかじった。私も焼き卵に干椒肉《ひしょうにく》を挟んで頰ばった。この組みあわせは卵の甘みと干した椒肉の辛さと香り、歯ごたえが、とてもたまらない。

翌日も私たちは、地中の変動を感じている建物たちの話を聞いて歩いた――街の中心に向かってうずを巻く力の導きを感じながら。ブルーシティーの都政庁は氷河モチーフの荘厳な駅の中にあり、そこで私たちは情報課の役人、ミヤギ氏に出迎えられた。

ミヤギ氏はナガノと同年代に見える青年で、こめかみに視力補正器らしい小さなダイヤルをつけていた。

「あなたたちのことをフローで知ったものですから。これは滞在中にいちどお会いしなければと」

「ありがとうございます」と、私。

「ここにはいつまで?」

「決めていませんが、だいたい数日で、そこでの仕事が終わればつぎへ行きます」

依頼があってもそこにいるのが飽きたら移ってしまうけど、という言葉を私は飲みこんだ。

ミヤギ氏は長い指をテーブルのうえで組み替えながら、うわ目づかいに、「おふたりは……この街のうわさはご存知です?」

「はい。それで興味をもって、ブルーシティーに立ち寄ってみたんです」と、ナガノ。

「それは話がはやい」ミヤギ氏はテーブルに身をのりだした。「この街についてのフローでの評判なんかを日々チェックするのも私の仕事なんです。昨今の、龍が目覚めようとしている、近く災害があるとかいううわさが、ちょっと放っておけないくらいになってきたなと」

「影響が出ていますか？」私は問う。

「大きなものでは、来年わが街で開催が予定されていた職業競技大会をキャンセルしたいという申し入れがありました。はっきりした理由もなく。とうぜん抗議しますが。あとは、このところの観光客の減少にも関係している気が。それに……」

そこまでいって、ミヤギ氏は声のトーンを落とす。そして心なしか恥ずかしそうな表情でいう。

「夢をみたんですよね、この駅舎が崩壊する夢です。地面がとつぜん隆起して建物がまっぷたつに割れる。頭の中でものすごい爆発音がして、全身に衝撃が走って飛び起きました」

私は腕を組んでいう。

「ある家がいっていたんだけども、たしかに地中には数年来、エネルギーの高まりがあって、プレッシャーが日にひに強まってきていると。でもそれがかならず災害をもたらすものだと決まっているわけでもないらしい」

「そういうお話が聞きたかったんです。もっと情報はありませんか」

「これは私の推測ですが、地中にそうした高まりが生じている以上、きっと近いうちになんらかの現象は起こるんでしょう……それが人びとにとって恩恵となるか災いとなるか、いま分岐点ってところなのでは」

ミヤギ氏は私の顔を見すえ、こめかみのダイヤルをせわしなくいじった。「あなたはたとえば、この駅のような大きな建物の意思も読めたりしますか?」

「いま話しています」

私は天井のあたりを見やりつつ答える。そして、美しい青い氷河の駅が、大きな腫れものをさすりながらうめくようにささやくのを聞いて、思わず笑ってしまったのだった。

「あ、なるほどね。そういうことか」

私がにやにやしながらいうと、ミヤギ氏は席を立ちあがらんばかりのいきおいでいう。「どういうことですか?!」

「あー、あー、そうか、あはは」

「シガ、なに?」ナガノもふしぎそうに見てくる。

「それがいいな。そういうこともできるんだな」

もったいぶるつもりでもなかったんだが、私がひとりでおもしろがっているので、いつしかふたりはすこし不満そうな表情になっていた。

「教えてよ」と、ナガノ。

「話してください」と、ミヤギ氏。

「たしかに駅は壊れる、一部分は。構内の地面を掘ってもらうことになるので。しかしそう深く掘らないうちに温泉が出る」

「温泉?」ミヤギ氏とナガノは声をそろえた。

「このエネルギーを逃がす、つまり破壊てきな方面に表現させずに円満に解決させる手段を教えてくれたわけです、駅は。彼はちょっと見栄っぱりというか、強がりというか、痛みを人に見せることに抵抗があったらしい。でもさすがに尻に火がついて。ほんとははやく教えたかったといっています」

「…………」ミヤギ氏は拍子抜けしたようすで、宙に視線をさまよわせている。

「一日もはやく掘削を始めてほしいですね」と、私。

「あ、はい、ではまず、早急に地質調査します。ええと、どうしたらいいかな」

ミヤギ氏は立ちあがって歩きだしたものの、テーブルにおいたままの手帳を取りに引き返し、端末をつかんで操作しかけたのをやめてふたたび歩きだし、立ちどまったり、あきらかに動揺していた。そして私たちをふりむいていう。

「結果をお知らせしたいので、もうしばらくこの街にいてもらえませんか」

「もちろん」

地質調査の結果、温泉が見つかった。急きょ駅舎は一部閉鎖されて工事が始まり、ほどなく湯が噴き出した。よく冷まさなければとても人の入ることなどできない、熱の飴のようなねばりのある湯だったという。

ミヤギ氏から要請があり、私たちは場末の安宿から、氷河の駅舎を見おろす政府要人御用達の立派なホテルに移った。ナガノと私にそれぞれ豪華な部屋が与えられ、飽きるまでここにいてよいという。

私たちはきらびやかな夜の街にくりだした。人びとの表情やしぐさがこれまでよりくつろいで見えるのは、きょうが休日だからなのか、この街に高まっていたプレッシャーが解放されたのを無意識にでも感じているからなのか。それとも、ひと仕事を終えた私自身が、あとはこの街を去るだけという気楽さの中にいるからかもしれない。

「ブルーシティー名物の銀河ロード、いま乗ってみない？」

ナガノにいわれて見あげると、例の糸の道が輝いていた。私たちは手近な高層建築物のひとつに入り、上下移動体で上層階にのぼり、てっぺん近い「銀河ロード階」で降りた。この階から周辺の建物へ渡ることができる。

銀河ロード階は円形の壁の三百六十度すべてが透明で、私たちはたちまち夜景と夜空にとりかこまれた。

「なかなかすごいね」

腕組みをして、ナガノはマスクのうえの目だけで笑う。

すぐには言葉が出ず、私はふらふらと透きとおった壁に近づいて手をついた。

壁にはところどころ白く光る部分がある。

「銀河ボタンだよ」と、ナガノは教えてくれ、ひとつのボタンまで私を導いた。

「シガが押してみて」

終点となる建物をナガノが設定し、私はボタンを押してみた。周囲の壁は溶け去るように消え、星くずをしきつめた道が私たちの前に現れ、遠くの建物とここ

とを一瞬でつなぐ。

ならんで銀河ロードを見つめる。ナガノはマスクをはずし、「行こうシガ」といってこちらに手を差しだす。べつにこわくもないのだけど、私はその手をつかんで、さいしょの数歩だけ引かれてみた。

「うわさの検証にも興味はあったんだけど」ナガノはつやつやとした横顔を見せながらいう。「この街の地下移動体や銀河ロードを体験してみたかったんだよ。というか、シガに味わってほしかったんだよ」

「君は都会っ子だものね」

地上から見あげていたときは、あんな高いところを歩くのはさぞかし恐怖だろうと思った。しかし銀河ロードが現れると、入れ替わるように周囲の壁はかすみ、足下の視界はほどよく隠される。私はナガノのすこしうしろを歩きながら、心は宇宙空間に浮かぶ天の川をゆくようで、この体がつねに星の重力の影響を受けて下方へ引っぱられていることを忘れてしまいそうになる。

「信じがたいけど、私たちは地上のはるか高所に浮かんでいるわけだよねえ?」

「わけだよ」

「落ちそうって気がまるでしない」

私はきょろきょろしながらいった。私たちが歩く星の帯のまわりには、壁も天井もない——地下移動体がそうだったように、足もとを支えるものだけがあって周囲を物質で囲わないというのはこの街の乗りものの特色のようだ。しかし目に見えない覆いはおそらくあって、守られている安心感がある。

地中の龍が千年ぶりに顔を出すという伝承がほんとうならば、この土地はいちどならず地中エネルギーのゆらぎを経験していることになり、形状からしてもこの街は、エネルギー噴出孔を中心に広がってきたものなのだろうとうかがえる。街が大きくなるにつれ、土地の性質を知らない人びとが流入してきて、伝承の存在感は薄れていった。しかしそんな現代の市民が、高層建築物どうしを上空でつなぐ、ボタンを押して現れたり消えたりする道を作ったのは、まるで地中の龍に影響されない通路を確保しようとしたかのようでおもしろい。

私たちは銀河の輝きを楽しみながらゆっくりと歩いた。背後から来た人びとが私たちを追い越していったり、向かいから来た人とすれちがったりする。

「こんやの部屋だけど、ふたりでひと部屋ずつっていうのはむだじゃない？」

ふいにナガノがいった。

「いや、シガはいいんだけど、僕にまでひと部屋っていうのはさ」

「気にしなくていいんじゃないか。たぶん、こんやはどっちも空いてたからなんだろうから」

「そういうことじゃなくて」

彼のいいたいことは——おなじ型の仲間たちと集団生活をしていた使用人時代に、必要最低限の空間で起居する習慣がしみこんでいる身には、寝台だけで五つ、風呂が二つもある部屋は広すぎて落ちつかない。備えつけのものも自分にはぜいたく品すぎて触れることができない、美しい食器の収まった戸棚をひらくこともできず、石けんの包装ひとつあけられない——などなど。

「石けんくらい新品を使えば」

と、私は笑ってみせたが、立ちどまったナガノは星くずの道の迷子のように心細そうだった。

私はいう。

「この仕事をしていると、相手によってはおどろくようなご褒美や恩賞を与えてくれることがあるよ。私自身はたいしたことをしてないけど、依頼主がそれほどよろこんでくれたってことで、その気持ちは受けとめるようにしている」

「いつでも平常心だね、シガは」

「私は私だからなあ」

ナガノはため息をつき、「僕なんかシガの部屋の長椅子にでも寝かせてほしいよ、あなたの使ったあとの食器や風呂なら使える気がする」

私たちの足のしたをきらめく星ぼしは流れ、なにもかもゆるされそうな輝きは、その中に倒れこみたくなるほどだ。渡れればよいだけの用にはあまりにも美しすぎる道のうえにいて、私は思い出すのに時間がかかったが、ナガノたちは自分を大切にすることを禁じられていた存在なのだった。

「ナガノ同士に共鳴能力があるって話をしたね」

私はいう。ナガノははっとしたように顔をあげる。

「君が、客として丁重にあつかわれることを受け入れることができたなら、君の仲間たちにも、敬われるっていう感覚や、自尊心をもつのがどんなことか伝わっていくんじゃないかねえ」

「自尊心」ナガノはつぶやく。「僕にまったくないものだ」

「いい機会だと思うよ。だからこんやはぜひ、君には大きな寝台の真ん中で、ひとりのびのびと眠ってもらいたいし――」

「そしてあす朝この街を出発したい」と、ナガノはくやしそうな笑顔で、私の言葉をさえぎっていった。

私には、銀河の流れに咲く花がすねているように見えた。

初出一覧

とても寒い星で――「早稲田文学」七号、二〇一四年、早稲田文学会
徐華のわかれ――「早稲田文学」二〇一四年秋号、早稲田文学会
シールの素晴らしいアイデア――「早稲田文学」二〇一五年冬号、早稲田文学会
銀河ボタン――書き下ろし

著者略歴

雪舟えま（ゆきふね・えま）

1974年札幌市生まれ。著書として、歌集に『たんぽるぽる』（短歌研究社）、小説に『タラチネ・ドリーム・マイン』（PARCO出版）、『バージンパンケーキ国分寺』（早川書房）、『プラトニック・プラネッツ』（KADOKAWA）、『幸せになりやがれ』（講談社）、『恋シタイヨウ系』（中央公論新社）がある。

音楽活動も展開していて、アルバムに『ホ・スリリングサーティー』がある。

http://yukifuneemma.com/

凍土《とうど》二《に》人行《にんこう》黒《くろ》スープ付《つ》き

二〇一六年十二月二〇日　初版第一刷発行

著者　雪舟えま

発行者　山野浩一

発行所　株式会社筑摩書房
東京都台東区蔵前二—五—三　〒一一一—八七五五
振替〇〇一六〇—八—四一二三

印刷
製本　中央精版印刷株式会社

ISBN978-4-480-80465-5 C0093

乱丁・落丁本の場合は、左記あてにご送付ください。
送料小社負担でお取り替えいたします。
ご注文・お問い合わせも左記へお願いいたします。
筑摩書房サービスセンター　電話番号〇四八—六五一—〇〇五三
さいたま市北区櫛引町二—六〇四　〒三三一—八五〇七